臺灣文學風貌

李瑞騰著

三民叢刊 24

三民書局印行

序

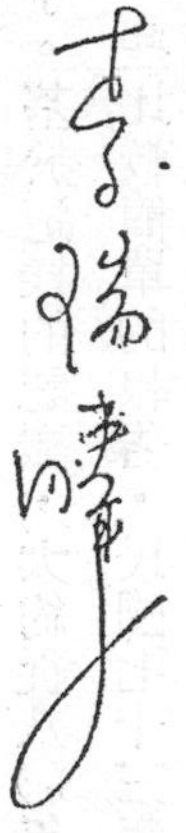

把一些零散發表的有關臺灣文學發展的篇章結集出版，一直是我的期待。

從遠在大學讀中文系的七〇年代初期開始，我就討論起臺灣的當代文學了，那時候因爲對現代詩還處於狂熱階段，所寫大體與詩有關，譬如說唐文標對於現代詩的批判，曾引起我的震撼，於是會有〈詩的聯想〉一文產生；因爲龍族詩社針對現代詩進行普查，出版《龍族評論專號》，我因此而有〈詩的社會性與民族性〉的寫作；其後在華岡校園和詩人渡也、向陽時相往來，我於是在細讀他們的作品之後寫下〈詩話向陽〉、〈釋渡也的蘼蕪〉二文；然後便是爲張默主編的《中華文藝》撰寫「詩的詮釋」專欄，再逐漸討論到散文和小說，乃至於臺港及海外整體文學之發展、當代文化現象等等。

這一路的進展，現在想來卻很自然。我原是研究中國古典文學的，對於古代詩論及古典詩興趣尤大，但因爲學生時代積極寫作，文友日多，關心當代文壇日切，援筆論述，視界雖然不寬，但總愛以古證今，或古今對照，多少會有一些發現，乃漸次形成一種和自己所學以及自身經驗有關的詮釋觀點。

我總在想，一個地區，無論其大小，其文學傳統是在特定的地理及歷史條件下形成的，以臺灣來說，臺灣的地理特性如何？其歷史發展又是怎樣，在這種時空結構下所形成的文學傳統會是一個什麼樣的精神和面貌？更進一步說，在不同的歷史階段，西和中國大陸，北和日本，東和美利堅合眾國，南和菲律賓、星馬等地，究竟存在著什麼樣的關係？凡此皆是考察臺灣文學傳統的重要方向，尤其和僅隔一海峽的中國大陸之間，從明鄭時期、淸治時期、日據時代、光復乃至於政府遷臺以後等各個時期，彼此所存在的關係，更是討論臺灣文學所不得忽略的課題。

毫無問題，臺灣文學已成爲一門學科，一個文學研究的範疇，同時它更應該是臺灣研究中極其重要的部分。隨著臺灣問題的複雜化、尖銳化，有關臺灣文學的歷史與現實，便衍生出不同的解釋，我個人一直認爲臺灣文學和中國大陸的文學息息相關，近代以降受到東洋、西洋的文學影響很大，已形成其豐碩、獨特的傳統了。基於這樣的認識，大約從八〇年代初期以後，我陸續蒐輯閱讀臺灣文學資料，並試圖寫一些比較簡單的報告，民國七十三年十月我接編《文訊》（雙月刊），有計畫建立臺灣作家資料檔案，結合各方人力進行各種臺灣文學的專題製作，累積大量的研究資源，終於比較有條件從事研究工作了，民國七十六年以後所寫的諸多論文，便是在這種情況下完成的。

對我來說，另外的一項工作也是非常重要，那就是在學校的教學，民國七十六年我應聘淡江大學中文系，臺灣文學是我教學的重點，除了開過一門命名爲「臺灣文學」的課以外，「現代文學」也是以臺灣爲主，尤其是在研究所開的「現代文學專題研究」、「文學社會學」、「當代文學與文化問題討論」，全都以臺灣文學爲授課內容。編輯、研究和教學三者密切結合，幾年來我在這方面所投下的時間和精力，頗爲可觀。

但我卻只能提出這麼一點成績而已，面對大陸的同行以有限的資料便能寫出一本又一本厚厚的臺灣文學專論，實在感到慚愧。往後我該努力於研究，而且更勤於著述吧。

本書命名爲「臺灣文學風貌」，其實只是現象的初步觀察。作品解讀的文章也曾寫了一些，結集的有《詩的詮釋》、《披文入情》，編定的也有數本，希望能很快出版。

三民書局願意出版這樣的冷門書，令我感動！

民國八十年四月　臺北

目次

臺灣文學的歷史考察

中國人在臺灣所發展出來的文學，一起始即具強烈的抗爭性與明顯的悲愴色彩，明鄭時期沈光文所云：「吾二十載飄零絕島，棄墳墓不顧者，不過完整以見先皇帝於地下，而卒不克，其命也夫！」可以說是第一聲悲嘆，其所對抗，乃滿清異族，而流寓懸海外島、遠隔家園的哀思，何獨沈氏，在有清一代臺島詩人篇什之中，更是不絕如縷。而甲午戰敗（一八九四），乙未割臺（一八九五），「無力可回天」的海天孤憤，那麼自然地充塞丘逢甲、陳季同、王松諸人的作品裏頭，厥後櫟社詩人職志從事政治啟蒙運動，更可以看出臺灣文學在抗爭的意義層面，所進行的乃是可大可久的民族大業。

隨著祖國新文化運動的展開，臺灣的新文學運動也拉開序幕，臺灣作家一方面不斷反省做爲文學表現媒介的語文，要求能向下層羣眾擴散的可傳達性；一方面則從文學的民族關懷出發，檢討文學題材，主張內容應具關切社會的現實性。面對著異族的高壓統治，以或隱或顯的抗爭心態，和對祖國文化的孺慕，逐漸發展出獨特的新文學傳統。

民國三十四年臺灣光復，上溯一九二〇年《臺灣青年》的創刊，臺灣地區的新文學在日據下艱辛地發展了二十多年，此其間，殖民政府強迫性的語文教育政策，乃是達成「要臺灣能够伸展爲日本的一部份」目標的手段，職是，日本研究臺灣文學的專家尾崎秀樹曾說：「臺灣人爲要使用母國語言表達文學，磨練技巧之前，必須與日本的語文政策做一番苦鬪。」在這種情況下，臺灣人中出現以日文寫作的作家，應是無足爲奇。不過，由於民間私塾的漢文教育和民間對於母土漢文化的普遍認同，影響所及，也不乏能以中文表達深刻思想的作家。從民族文化的觀點來看，這些作品統統都是中國新文學的珍貴遺產，蒐輯、整理和研究，理所當然成爲我們這些後代子孫的責任。

由於日本侵華戰爭的擴大，民國二十六年終於爆發對日抗戰。在臺灣，所謂殖民地戰時體制迅速確立，皇民化運動如火如荼展開，於是殖民政府下令完全禁止漢文的使用，這項政策和光復一周年之際國民政府宣布廢止所有報刊雜誌的日文版，對於後來臺灣新文學的發展，同樣具有很大的影響。

文學係以文字做爲表現媒介，一個能寫出精緻文學作品的作家，其最基本的條件乃是文字的駕馭能力。日據下的作家長期處在日文環境之下，能以流利的日文寫作，而且確能寫出臺灣被殖民的悲苦，受到日本國內傳播界的重視，這不能不說是中國人的語文和文學，特具才華。日據末期，漢文禁止使用，這乃是殖民政府要將中國文化連根拔除的一種做法，極其惡毒，長期下去，臺灣同胞必然會被「同化」，而對於部份以日文寫作的作家，其影響比較不那麼大。

不過，光復才一周年便急著停掉所有日文版面，使得光復前已習用日文者，驟然喪失自我表達的機會，再加上政治上發生不幸的二二八悲劇，作家們紛紛封筆，從頭學習中文的，恢復寫作則大約要十多年的光陰，這就是爲什麼「笠詩社」、「臺灣文藝」會遲至六〇年代才出現的原因，其中就有不少是林亨泰先生所說的「跨越語言的一代」的作家。

光復之後，政府在臺灣的各項措施，以及整個中國政局的發展，對於臺灣地區的文學起了巨大的質和量上的變化。民國三十八年，大陸陷共，中央政府遷臺，一個政治體系的重新建構，乃至於政策目標的確立及實踐，對於經濟、社會、文化各方面，必然要發生重大的影響。而隨政府來臺的文學人，在驚惶之餘執筆寫作，其題材、心態、語調，乃至於表現主題，會是如何的一種質性是很容易理解的，再加上政府痛定思痛，有意主導文風走向「戰鬪」，於是，亂離的、懷鄉的、戰鬪的、反共的，一時之際便成了文學作品的普遍主題。

如所周知，「文變染乎世情，興廢繫乎時序」（《文心》．〈時序〉）是文學發展的必然律則，除此之外，文學內部亦存在著自然蛻變諸因，所以當戰鬪的火炬熾燃之際，走向內心世界探索的文學現代主義已在展開（指紀弦等人的現代詩運動），學院的文學教育配合著文學刊物（特指夏濟安先生的《文學雜誌》）開始發揮它的作用。隨後，省籍的新一代作家像黃春明、陳映眞、陳若曦等人啼音初試，標示著文學新世代的來臨。

時序進入六〇年代，《現代文學》創刊（一九六〇），在臺大校園，以「現代」爲名，乞靈西方爲實，從事文學的現代化運動；另一方面，王禎和、七等生、季季等頗具鄉土色彩的新一代作家崛起文壇；同時，五〇年代出現的軍中作家，像司馬中原、朱西寧、段彩華等人，早就揚棄了初期一味配合政策需要比較機械的寫法了，挖深織廣他們豐厚的大江南北之經驗。整個來說，在臺灣的文學已逐漸有了多元的發展。

這種多元的發展，原本令人欣喜，代表著整個臺灣社會的民主與自由。但隨著中華民國在國際間外交的挫敗，七〇年代初期，我們退出聯合國、海內外青年知識份子的保釣運動、中日斷交等重大事件的刺激，文學界也起了相當程度的變化；光復出生、成長的一代，以相異於前輩的美學原則去處理文學的問題，開始質疑過去的文學表現；不同文學主張的作家和批評者，開始有了表面化的意識抗爭，從七〇年代的初期一直發展，終於在中期以後爆發了一場大規模的鄉土文學論戰。

文學的論戰本無足畏，因爲整個的過程是在大眾傳播體系中進行，你來我往，便含有激盪、整合的作用，可惜論戰的雙方都缺乏批評的藝術訓練以及被批評的雅量，於是具殺傷力的人身攻擊和政治性的動作頻頻出現，先是呼冤喊打，然後是各報戰果，對文學雖然不能說全無益處，但負面的作用頗大，十年來我們已嚐惡果，卻一直缺乏深度的反省。

鄉土文學論戰之後，隨之而來對中華民國的巨大衝擊，在內政上是美麗島事件不幸發生，在外交上是美國與中共建交，執政的國民黨政府在這種情勢之下，選擇以日趨理性的革新和進步去應變，提出臺灣經濟建設十年計畫，在行政院成立文化建設委員會，但是其重視的程度，前者遠遠超過後者，由於文化和經濟的發展極不平衡，於是爆發了嚴重的公害汙染以及各種都市社會的問題，再加上反對的力量逐漸凝聚，力量加大，人民權益、消費意識普遍覺醒，文學在其中的功能約略有被膨脹的趨向，卻又必須面對大眾消費社會的商品化和庸俗化，整個的文學走到一個前所未有的時代了。

大陸方面，七〇年代後期，持續十年的文革浩劫終於結束，全面性猛烈地批鬪四人幫的罪行，於是傷痕的、抗議的、地下的文學大量湧現，進入八〇年代以後，有了更新的發展，現今充斥臺灣書肆的大陸文學出版品，便是具體的結果，過去我們一向以臺灣代表中國新文學正統或主流的看法，已經遭遇巨大的挑戰，作家們不得不重新反省臺灣文學的地位。在另外一方面，文化上的「臺灣結」和「中國結」，在大陸文學出版品以美麗的包裝大量進入市場之際，似乎也正進行一場競賽，結果會是如何，由於變數太多，實難逆料。

本文夾敘夾議，對於臺灣光復前後迄今的文學發展略作考察，最後想特別指出的是：爲了讓臺灣地區的文學，在整個中國新文學史上獲得公平合理的地位；爲了它能够有更豐美的未來，我們不能不做各種可能的努力：

第一，從明鄭時期以降的新舊文學，必須努力去蒐輯、整理有關的資料，然後把資料攤開來，讓學者專家各憑學術良心與方法去從事歷史解釋。

第二，建立完善的研究系統，重視人力的養成與規劃，讓學術界和文壇攜手合作。

第三，避免不必要的意氣之爭，亂扣帽子、亂貼標籤那一套充滿語言暴力的非文學手段早該揚棄，尊重別人發言的權利，勇於面對理性的論辯，把文學當文學處理，最好是公開舉行學術討論。

第四，面對大眾消費社會難以避免的文學商品化、庸俗化的現象，應尋找一個可行的制衡策略；而企業界由社會獲取巨大利潤，應考慮回饋社會，贊助精緻文學，推動文化品質向上躍升。

第五，打破狹窄的島國心態，立足臺灣、心懷大中國、放眼全世界。對於大陸文學作品所造成的可能之影響，冷靜的評估，以平常之心，將它們納入整個中國新文學的傳統體系，去分析、去研究。

茲値臺灣光復四十二周年紀念，做為一個關切現代文學發展的文學工作者，我願意提出上述的看法，邀請文學同好一起來共同思考。

（七十六、十、二十五《聯合報》光復節特刊）

什麼是「臺灣文學」

這個學期，我在淡江開了一門新課——「臺灣文學」，很多朋友問我：「臺灣文學」應該怎麼界定？為什麼要開這個課？有些什麼教材？用什麼教本？打算怎麼個教法？這些問題多而且複雜，牽涉到開課目標以及課程設計，裏面包含了觀念、方法和材料，很難一一加以回答，先撰此短文說明我對「臺灣文學」的看法。

所謂「臺灣文學」，簡單的說就是在臺灣這個地方所形成、發展出來的文學，文學是以文字做為表現媒介，而在臺灣的人民是講中國話、寫中國字的，所以「臺灣文學」的先決條件就是用中文寫作，不過由於臺灣具有非常獨特的歷史條件，此地在日據下的戰爭時期（一九三七——一九四五），漢文被殖民政府明令全面查禁，作家不得不改採日文創作，所以出現相當多的日文文學。這些作品也應該是「臺灣文學」的一部份，至於最近有人以「文字化臺語」書寫，在廣義中文的角度來看，可以說也是「臺灣文學」。

這樣的文學究竟會是一個什麼樣的風貌和內涵呢？由於任何一個特定空間的文學，隨著政經結構的進展必然會有階段性的變化，所以要談「臺灣文學」，就一定要認識臺灣的歷史，大體來說，臺灣史可以說是：漢人流遷此地，從事各種墾拓，爲了生活而與環境互動的歷史，這之間有與原住民及異族相對的抗爭關係。漢人中又有來源不同，也有先來者與後來者的差別，整體形成非常複雜而且變動的政經結構。

根據歷史記載，在臺灣文學的活動應始源於明鄭時期，以沈光文爲首的「東吟社」，悲愴地發出了黍離麥秀之歌，其後歷經淸代時期、日據時期，這個漢語文學的傳統雖然稱不上光輝燦爛，卻頗能反映出流寓臺灣的大陸文人，以及在此地成長的新一代作家的生活與想法，尤其是甲午戰敗、乙未割臺，給臺灣的文學帶來根本的影響，以致逐漸強化其抗爭色彩。

日據中期以後，祖國大陸在五四的新文學運動開始沖擊此地的漢語文學，新的白話中文出現，而且逐漸成爲文學表現的主流，在日據下艱困地成長，扮演著對抗統治者及其殖民文化的鮮明角色，同時記錄臺灣人的悲苦。而原本所預期的苦難之結束，又因戰後的接收問題，以及疏離之後再回歸所形成的諸多調適上的困難，然後又是大陸的赤化、政府遷臺，政治經濟以及文化上的體質都有了結構性的變化，在這樣的外在環境中，文學當然會產生更劇烈的變化，於是我們可以說，一九四九年以後的臺灣文學進入另一個新的時代。

把「臺灣文學」當做一個科目來說，無論如何都必須讓學生知道這樣的發展系統。這個系統不能自外於中文文學，雖然它可以單獨來看，更需要納入以中文做爲表現媒介的文學體系之中，尋找和其他地區（中國大陸、香港、菲律賓、新加坡、馬來西亞、印尼、泰國等）互動的關係。這是我個人現階段面對「臺灣文學」的基本立場，也將是我今後在文學研究上的大方向。

（七十七、三、十《中華日報》副刊）

研究臺灣的古典文學

由於受到祖國新文化運動的影響，二〇年代的臺灣也展開反抗「舊文學」的風潮，掀起白話文運動，新文學正式登上臺灣文學的舞臺。然而被張我軍視爲「敗草欉中的破舊殿堂」的「垂死的舊文學」，眞的就死了嗎？事實上恐怕不盡然。當然，我們今天都已確信，白話文從二〇年代以降便成爲臺灣文學的主要表現語言，而我們沒有必要再去鼓吹古典的、舊的文學形式，但是正視那個傳統的存在是非常重要的，整理與研究的工作必須積極進行。

從民國四十五年到六十二年之間，臺灣銀行曾印行了三百零九種（計五百九十五册）的「臺灣文獻叢刊」，其中包含了不少個別作家的文集和彙編的總集，這些豐富的資料，給予後來的研究提供了相當良好的基礎。

民國六十八年，政大中研所研究生王文顏撰寫《臺灣詩社之研究》，可以說是大學文史研究系統研究臺灣古典文學的濫觴。近十年來，這方面的研究計有周滿枝《清代臺灣流寓詩人及其詩之研究》（六十九年，政大中研所碩士論文）、廖雪蘭《臺灣詩史》（七十二年，文化中研所博士論文）、鍾美芳《日據時代櫟社之研究》（七十五年，東海史研所碩士論文）等，在量上雖然不多，但隨着政治和文化的日愈本土化，臺灣史逐漸受到重視，臺灣文學的研究將會走出一條寬廣的路，在這個情況下，預料將有更多的人參與臺灣的古典文學之研究。

將臺灣地區的古典文學當做一個大的研究對象，歷史發展過程中的政治、經濟、社會等因素的了解非常重要，而文學的本身，不論是個別作家的專論、文學社會的探析，或是斷代的文學歷史等等研究，都是爲了想要清理出臺灣這條豐厚的文學傳統。

臺灣文學因其獨特的歷史經驗，有其相當明顯的特質，但它不能自外於中國文學，尤其是古典文學更是如此，在追求這一條史線的時候，如何去掌握臺灣與祖國大陸之間的臍帶關係，我認爲是非常重要的一件事。

（七十七、四、十《大華晚報》讀書人版）

臺灣舊體詩的創作與活動

漢詩在日據時代的臺灣是主要文類，和中國所有的古典文學在新文學運動中所遭受的命運一樣，從一九二〇年代起它逐漸被新體詩取代，但從此被稱之爲「舊詩」的這個傳統文類並沒有像新文學史家所宣告的「已經死亡」，詩人仍然寫作，仍然結社，仍然發行詩刊、出版詩集，仍然舉辦聯吟雅集等等。

一九四九年以後，在臺灣的國民黨政府以維護中國文化爲己任，深受傳統文化薰陶的知識分子不少，大學中文系普遍具有崇古傾向，事實上提供了舊詩發展的一個環境，尤其是一九六六年大陸發生「文化大革命」，舊的文化傳統面臨毀滅性的悲運，臺灣由官方主導推動的「中華文化復興運動」遂全面熱烈的展開。在這個情況下，舊體詩受到官方和學院中文學術界的重視，從另外一個角度來看，它們卻逐漸遠離社會；相對的，新體詩在社會獲得比較好的發展機會。

當然，近二十年來的臺灣社會變化很大，受到高科技的視聽媒體的衝擊。文學在接受挑戰中尋找新的發展契機，其中的詩，不論新舊，皆不復昔日盛況，舊體詩尤其面臨發表媒體日漸消失，老成凋謝，後繼無人的危機。未來將會如何，很難預料。但是在九〇年代一開始的現在，回首臺灣從五〇年代以降的詩之發展，舊體詩縱使不是時代主流，卻也擁有一片天地，我們沒有理由加以漠視。

我個人站在研究臺灣文學的立場，已經著手這一部分資料的清理工作，深感舊體詩的創作及活動，在當代仍頗具意義，尤其是它以傳統形式面對現代化社會所形成的衝突，正是我們在保存與發揚傳統文化所遭遇的最大難題，如果現代新詩也能縱向繼承傳統；舊體詩也能突破過去格律嚴謹的書寫成規，橫面關切現實。則新體舊體各自發展，並行不悖，我們更願它們彼此互相滲透，互補互化，共存共榮。

本文主要是透過文學社會學的考察，將舊體詩在臺灣的創作及其社會性活動略作掃瞄，至於詩人作品的實際評述，將會是我未來努力的方向。以下就大學校園的教學與活動、詩社及其他社會性活動、舊體詩的發表與出版三方面分別敍述。

大學校園的教學與活動

臺灣的大學，在中文系的必修課程中有「詩選及習作」，教的全是古典詩，選讀的主要是唐宋，最多再加上漢魏六朝，通常開在大二，教席大都是能寫舊體詩的先生❶。學生們因爲要「習作」而學習作詩，學的詩體比較多的是五七言的律絕。老師常會在學生中發現少數有寫詩才華的人而特別加以鼓勵，爲他發表作品，或是指派他去參加「青年詩人聯吟大會」，比賽寫詩；熱心而有興趣的學生還會組成詩社或吟社（如臺灣師範大學有「南廬吟社」、淡江大學有「牧羊詩社」等）。

在這樣的情況下，大學中文系應能成爲培養寫作舊體詩的搖籃，而成效良好。可是實際上卻不盡然，根據我的觀察，學生在修課期間，很少有人能用心深入去探索詩律詩理，於習作一事，常是按譜（平仄譜）填字，依《詩韻集成》之類的書選韻及韻字，所學的非常有限，寫出來的詩常徒具形式而已。

由於整個文學社會重視的是新體詩（稱「新詩」或「現代詩」），會寫或寫得好舊體詩，似已成爲個人技藝，無關他人，所以當學生不再上這個課，以後大概就不太可能寫下去了，

❶ 臺大的曾永義、方瑜，師大的汪中、尤信雄、陳文華，中大的張夢機，高師的江聰平、張子良，中山的簡錦松，文化的林端常，東海的柳作梅等都是。本資料參考國立臺灣師範大學國文系所彙編的〈全國各大學中文系所教授副教授研究專長暨任教科目資料表〉。

偶然出現極少數繼續寫作的，通常是讀了研究所，以後在中文學術界求發展的人。

換句話說，今天「詩選及習作」課程中習作的目的，只是淺嚐一下寫舊體詩的經驗，以增加欣賞能力。這原本也是相當重要的，但我們的學生最後都只知道一些詩人及其作品的大概情況，要能因此進入古典詩的世界去體會千古詩心，實際上並不是一件容易的事。

開課目標雖然不大容易達成，但學生還是寫出了一些作品。有時老師會把優秀作品推薦給外面的詩刊，但這畢竟有限，對學生的影響也不大。學生的作品另有一個可能發表之處，那就是系刊上所闢設的專欄，譬如我手中現有中國文化大學中文系文學組的系刊《華風文學》三期（年刊，三期是一九八七—八九），裏面分別以〈近體詩賞析〉、〈古韻〉、〈詩詞卷〉爲欄名刊載學生作品，其中一九八八年的第二十二期有「全國大專青年聯吟優勝詩作」（五首七絕，七首律詩）；一九八九年的第二十三期有「第六屆大專青年詩作比賽優勝作品」（〈題山水圖〉七絕五首，〈多晴〉七律四首）。

除此之外，大學校園另有一些古典詩活動，主要是詩社在策畫執行。如果社團充滿活力，對中文系會有一些影響，因爲他們是因興趣與熱情而凝聚，舉辦聯吟雅集，切磋詩藝，頗能帶動風氣，對於詩之教育是有所幫助，尤其是古詩吟誦的訓練，透過聲音的表達去詮釋詩人爲詩之用心，頗值得推廣。

特別值得一提的是位於臺南的成功大學在全校性的「鳳凰樹文學獎」中，除現代文學類以外，另有古典文學類，分古典詩組、古典詞組、古文組，每一組都再分中文系與其他系組，獎金頗高，決選印有集刊且公開評審，評審者又是校外名家❷，很受注意，媒體也報導頗多。

我曾在一所大學校園中看到兩種現象：㈠該校中文系學會在學校每日出刊的報紙型刊物中開設古典詩詞賞析的專欄，由學生執筆，每週見報；㈡該學會在圖書館入口處每日設計張貼一詩，並配以插花，以供全校學生欣賞。這給我一些啟發，其實在校園內部有關詩的創作與欣賞是可以企畫得多采多姿的，甚至於可以推廣到大學以下的各級學校，人才絕對是有，因爲絕大部分的國文老師都是中文系出身的。

詩社及其他社會活動

臺灣現有的所謂「全國性文藝社團」中有「中華民國傳統詩學會」，這個團體成立於一

---

❷ 我手中存有《第十六屆鳳凰樹文學獎決選集刊》（一九八八），古典詩組的評審委員是簡錦松（中山）、龔鵬程（淡江）、顏崑陽（中大）。

九七六年五月，宗旨是「宏揚詩教，鼓吹中興」❸。在一九八五年時的會員是四八三人❹。根據記載，該會成立以來的主要活動是舉辦或參加「聯吟大會」和「座談會」，曾出版過兩集《傳統詩集》（一九七九、一九八二）❺。

根據觀察，這一個社團幾乎已無法運作，論寫作方面的彼此互相切磋，它不如一般比較健全的詩社；論其對詩運的推廣或對於中國古典詩的研究，它遠不如「中國古典文學研究會」。可以這麼說，它的存在，形式意義遠大於實質意義。

而一般的所謂傳統詩社，由於是志同道合的詩友所匯聚而成，比較能發揮應有的功能。在這裏，不能不提臺灣的詩社傳統。在十七世紀的明鄭時期，沈光文等人成立「東吟社」於嘉義，而大約在十九世紀中期以降，臺灣的詩社紛紛出現，不絕如縷，根據幾位研究者所做的統計❻，到日據末期的一九四三年，臺灣一地所曾有過的詩社總共是三〇二個。一九四九年以後的情況，根據高越天的記載，「一九五六年以後詩壇人才鼎盛，或參加本省固有之詩

❸見行政院文化建設委員會編印《中華民國文藝社團概況》（一九八四），頁一六六。
❹編輯部，〈現階段傳統詩社概況〉，載臺北《文訊》十八期，一九八五年六月，頁四一。
❺同上註。
❻王文顏《臺灣詩社之研究》，一九七九年政大中研所碩士論文；廖雪蘭《臺灣詩史》，一九八三年文化大學中研所博士論文；許俊雅《臺灣寫實詩作之抗日精神研究》，一九八六年臺灣師範大學國研所碩士論文。

社，或聯合新創詩社，流風所趨，蔚成偉觀。六十二年（一九七三）世界詩人大會，全省參加之詩社達兩百多個❼。」這個數據可能有問題，一九八五年，我個人主持的《文訊》雜誌爲製作一個有關傳統詩社的專題，曾實際清理出六十五個詩社的名稱和地址，發函徵詢的結果僅得二十八個詩社的資料，根據幾位前輩詩人表示，「目前臺灣的傳統詩社，彼此互通聲息也較有活動的，大約也只有二十幾個了❽。」

如所周知，臺灣社會在近三十年來急劇變遷，已經完全遠離舊有的農業社會，政治抗爭、急功好利、競逐金錢遊戲的現象，逼使一些美好的傳統特質逐漸泯滅，而近十年來官方的文化建設傾向於古蹟維護和民俗技藝的保存與發揚，在舊體詩方面沒有給予應有的重視，在無情的時間之流中，老成逐漸凋謝，年輕輩對傳統的詩之形式與趣缺缺，無以爲繼，所以詩社日漸減少，活動愈來愈稀少。

雖然如此，原有的詩社如「春人詩社」（一九五二—）、「網溪詩社」（一九七七—）以及已有八十餘年歷史的「瀛社」（一九〇九—）等，都還頗爲活躍，尤其是「春人詩社」，從一九八一年起，每兩年出版一本厚達五、六百頁的《春人詩選》，已出五冊，可以看出其

---

❼ 高越天，〈臺灣詩壇感舊錄〉，影印本，未著發表刊物及日期。

❽ 同註❹，頁三三。

內在潛力，是目前最有活力的傳統詩社。

除了詩社，社會上有關傳統詩的活動，有時也由文復會及其各地分會、文建會與各縣市文化中心等單位舉辦❾；位於陽明山的中華學術院中所設的詩學研究所，從一九六九年成立以來凝聚海內外詩家及詩學專家二百餘人，舉辦的活動都很有規模，但最近幾年已趨沉寂。如果說中華學術院詩學研究所代表七〇年代臺灣舊體詩活動的一個重鎮，那麼，爲紀念已故的詩人、金融家陳逢源所成立的「陳逢源文教基金會」，應該可以代表八〇年代。

這個基金會每年出錢與中國古典文學研究會在各大學舉行「全國大專青年聯吟大會」，以第七屆來說，地點在臺北師大，時間是一九八七年十二月十六、十七兩日，活動內容是：近體詩創作、詩詞吟唱以及海報三項比賽，並摸彩聯誼活動，各校學生參與踴躍，頗見成

❾ 文復會的活動，詳該會主編《中華文化復興運動紀要》（一九八一）；文建會有關傳統詩的活動，未察不詳，該會編印一九八二年文藝季《文藝座談實錄》有傳統詩一類，座談名稱〈傳統詩與現代之結合〉，與臺灣新生報合辦。各縣市政府常由教育局、文化中心、文獻委員會、圖書館舉辦類似比賽，資料四散，難以彙整，我手中有一本《桃園文藝選集》，由臺灣省文藝作家協會桃園分會與桃園縣立文化中心編印，其中有第二期「傳統詩研究會」作品，前言上說明活動是桃園縣政府教育局主辦。

效⑩。

另外，這個基金會主導的另外一個活動是「古典詩學研修營」，也是和中國古典文學研究會合作，從一九八四年起每年舉辦，採取文藝營模式，學員全部駐營，開設的課程是詩史、詩論，尤其著重創作，師資全是各校中文系詩學教授和著名詩人，極具特色，五屆以來成績粲然⑪。

最後，有關舊體詩的社會性活動，還有一項不能不提，那就是獎勵。

臺灣各種大大小小的文學獎很多，對象主要是現代文學，但是有幾個獎並不排斥舊體詩，譬如國家文藝獎的辦法中就明言獎項包含舊詩詞，另外中山文藝獎、中興文藝獎章都曾有舊體詩創作獲獎。這種現象當然會持續下去。對於個別得獎詩人，當然有鼓舞的作用；至於對於詩運有什麼樣的影響，那就很難檢驗了。

---

⑩ 中華學術院詩學研究所的興盛時期每年舉辦「大專青年聯吟大會」，實際推動執行的是張夢機先生；陳逢源基金會辦的聯吟大會，因與中國古典文學研究會合辦，而張先生在該會歷任秘書長、理事長，所以實際上也與張先生有關。張先生是師大文學博士，現任中大中文研究所所長。另外，該基金會有關古典詩的活動，多少年來都由中山大學簡錦松先生實際負責，聯吟大會當不例外。

⑪ 這個研修會由簡錦松策畫執行。簡先生因此在高雄自創「高雄市古典詩學研究會」。

舊體詩的發表與出版

詩之創作是詩人內在情思或意志的外現，是一種自我完成。它以文字做爲表現媒介，強調的是傳達，換句話說，作品要有人看才好。在古代，三、五好友彼此手抄傳閱、討論；而傳播媒體發達以後，文學作品就可以經由印刷、傳播，讓更多的讀者的去閱讀。

在現代，文學的發表，主要是經由雜誌與報紙兩種印刷媒體；有時候也可能跨越發表階段，直接印刷成書——一般稱之爲「出版」。

臺灣寫舊體詩的人不在少數，但論及發表與出版，則令人感嘆，原有的一些詩刊和報紙上的詩欄，近幾年來陸續消失，雖然還不至於完全絕跡，但景況已極淒涼。就我接觸所及，臺灣的報紙進入八〇年代還有的傳統詩欄——臺灣新生報的〈新生詩苑〉、大華晚報的〈瀛海同聲〉、民族晚報的〈南雅〉、自立晚報的〈自立詩壇〉，〈瀛海同聲〉與〈南雅〉已隨兩報的結束營業而停刊，〈自立詩壇〉隨著副刊的變革而被取消，如今僅存〈新生詩苑〉，已由副刊遷到〈文化點線面〉版，幾乎每天見報，短短一欄，除了詩作，尚有詩訊。根據了解，過去這些詩欄都有主持人，各代表傳統詩壇的一分力量，其實也等於一個詩刊，當代的舊體詩如果可能受到重視，這些詩欄的資料也應清理。

早先臺灣的報紙副刊偶刊名家舊體詩稿的現象已不復見。社會如果確有需求，會有另外媒體替代，譬如說專業的詩刊，但這是另外一件讓推廣詩運者慨嘆的事，過去扮演重要角色的詩刊也已式微。

一九四九年以後，臺灣有不少重要的綜合性人文雜誌刊載文學創作，其中也包含舊體詩，像《暢流》（一九五〇—）、《中國一周》（一九五〇—）、《中國語文》（一九五二—）等，這種現象如今已絕跡。曾受矚目，與新詩刊並存的舊體詩刊，在一九四九年以後也有不少：

《臺灣詩壇》（一九五一—一九五六）

《詩文之友》（一九五三—）

《中華詩苑》（一九五五—一九六七）

《民族詩壇》（一九五五—一九六一）

《亞洲詩壇》（一九五九—？）

《中華詩學》（一九六九—）

《中國詩季刊》（一九七〇—）

進入八〇年代還在發行的有《中國詩文之友》、《中華詩學》、《中國詩季刊》，活動力轉趨微弱，而且將近二十年不再有新刊物創辦，則其困境可知。最近幾年活躍於高雄的「高雄市古典詩學研究會」有會刊《古典詩學》，發表一部分會員的作品，但停而又復，今年六月出復刊號二期，看情況也不甚樂觀。

如若當代臺灣的舊體詩創作也被視爲現代臺灣文學史的一個組成部分，整體而觀這些詩刊，有關詩與詩人的諸多現象應可掌握泰半，但它們流傳不廣，蒐羅匪易，將來要做，恐怕得大費周章。

現在的情況是這樣，活動力還強的詩社，每月擊缽吟會，或印社課吟集，算是內部發表；詩友間也有以手抄影印流傳，互相唱和著；〈新生詩苑〉幾乎每天見報，但作者的層面並不寬廣；另有一些人文性學報如《中國國學》（臺灣省中國國學研究會編印），設有〈詩詞苑〉欄，刊載一些名家詩作，類似這樣的資料，用心蒐尋，當亦不少。

由於媒體發表散見各處，所以要對個別詩家的整體詩藝有所認識，不能不閱讀詩人所出版的詩集。但這一類的書，根本沒有銷路，不能納入一般書籍市場結構去運作，除了少數名家的詩集由出版社出版，如吳萬谷《超象樓詩》（臺北，商務）、成惕軒《楚望樓詩》（臺北，商務）、方東美《堅白精舍詩集》（臺北，黎明文化）、蕭繼宗《興懷集》（臺北，學生）等，以及偶見由基金會補助出版，如李猷《紅並樓詩》（中山學術基金會補助出版），其它絕大部分都是個人自費印行，由於是舊體詩，而且是自費，所以書的版本可以隨心所欲，出現不少仿古線裝；由於詩家中頗多飽讀碩學之士，泰半能書，所以手抄已作出版者不少；有一些詩集是身後始編印，子孫或故舊門生帶著懷念的心情出書，所以書中常可見生活照片或手跡。

一九四九年以後，臺灣到底有多少舊體詩的創作集，實在難以統計。從今年四、五月起到現在，我從各方蒐得大約百本，其中選集約十分之一，其餘皆個人別集；近得高越天先生〈臺灣詩壇感舊錄〉一文，其中一節羅列他所庋藏近人詩集八十四種，和我所收只一部分重複；最近李猷先生提供我一份書目，是胡鈍俞先生等人捐出所藏，現集中存放於文復會圖書館，歷朝歷代詩集及詩學論者甚豐，等於一小型詩學圖書館，其中民國以後編號至二九八，大部分在臺所印。可惜缺乏有效管理，也少人運用⑫。

從這裏我們可以知道，臺灣舊體詩的創作集頗爲豐富，不管那些作品的水平如何，呈現出什麼樣的詩之風貌？在心爲志，發言爲詩，我們應尊重並珍惜這些詩集，畢竟它們也是當

⑫胡鈍俞先生爲資深立法委員，著名詩人，研究古典詩，主編《中國詩季刊》，這些詩集及詩學論著是他以「中國詩學研究所」的名義徵集而來，目前缺乏管理，文復會的預算已在今年被立法院刪除，整個活動不是全面萎縮，便是停止，這些書最好趕快轉贈中央圖書館，以便長期保存。

代詩人經驗與智慧結晶的人文活動，面對著傳統／現代無理性的對立，它們正可以做爲檢驗的指標；而做爲一個文學的研究者，去蒐輯、整理，披沙揀金，提出一個合理的歷史和文學的解釋，應該也是一件責無旁貸的事。

本文爲新加坡同安會館主辦「華人傳統文化的保存與發揚」學術研討會論文，一九九〇年八月二十五—二十六日，新加坡。

（七十九、九《臺灣文學觀察雜誌》二期）

理想、熱情與衝動

——現階段臺灣的青年文學

民國三十八年中樞遷臺，現代中國進入另一個分裂的年代。初期的情勢自是極其險惡，在兵荒馬亂之際，逃離家園故土的悲痛，落足臺灣以後又面對不可知的未來，形成巨大的恐慌，再加上中共仍隔海威逼，不安遂籠罩在這一塊土地的上空。而臺灣，四年之前才結束日本爲期半個世紀的統治、剝削，戰後又經歷從疏離到回歸，因接縫之困難所產生的嚴重創傷，經濟蕭條、文化沉寂，那種艱難困苦，實非身歷其境者所能具體感受的。

自此以降，中國人在海峽兩岸迥異的制度之下，展開不同的歷史命運。而在這個時期以後出生的新生一代，便註定要在分裂既成事實之後，去發展和他們的上一代不太一樣的青少年經驗。

今天在臺灣，四十歲左右以下的青年絕大部分可以歸入這樣的世代。而隨着政治情勢的演變，經濟結構和社會形態都陸續有大的變遷，於是遷臺（甚至於光復）以後出生的世代，也明顯出現了差異。

了解這樣的背景，我們來看現階段臺灣的青年文學。在這裏我們把青年界定在大約二十歲到四十歲之間，如此年齡階段的青年所形成的文學，究竟具有什麼樣的特色？理論上說，二十來歲能以文字書寫來表達情意的文學青年，一般都涉世不深，比較單純，他們很可能富有理想色彩，浪漫性格就表現在他們的思想和行動上面；對愛情，他們充滿著憧憬，很容易為情所困；他們或者還在學，或者甫離校門，明顯的具有反叛和對抗制度的傾向，浮躁而不穩定。當然，這些只是一般的集體性格。

隨着年齡的增長，閱歷逐漸加多，他們在實踐的錯誤中體悟人的社會化問題，開始會彈性的做一些妥協；他們或者已經結婚，有了家庭，有了子女，現實面上出現了經濟的壓力；他們比較實在，性格上亦趨於穩定，衝勁還有，但已經不大會盲動，很可能已經意識到即將步入中年。凡此皆可以視為三十多歲青年的一般特性。

文學無非是現實經驗的織染，所以青年的一般性特色便自然成為青年文體的主要成因。但問題其實並不那麼簡單，當我們把青年文學納入特定的時空結構去看的時候，即相當程度的複雜了起來，以一九四九年以後的臺灣來說，社會的變動太大，出身環境、教育背景、工作性質等諸多外因，皆深刻的影響著個人性情的養成和對外在環境的感受狀況，而這些都主導著作家作品風格之完成，以故縱使年齡相仿，亦會有各種不同面貌的文學出現，形成文學的多元化。

臺灣的文學進入七○年代以後有了大的變化，其中一個主要的導因是新生一代的出現所造成的沖激。以最能夠反映文學氣候的詩壇來說，眞可以說得上是風起雲湧。

七○年代不到，一個標名爲「後浪」的詩社便在臺中成立（一九六九年三月，後來易名爲「詩人季刊社」），發起人是蘇紹連、蕭文煌、司徒門（即已故重要小說家洪醒夫），後來陸續加入的有莫渝、陳義芝、林興華、掌杉、牧尹、李仙生、蕭蕭、楊亭、李國躍、許茂昌、廖莫白等人。蘇紹連和洪醒夫是很具有代表性的人物，後來一個在詩方面，一個在小說方面，都有相當成就，他們那時候都正好是二十歲的年紀，標舉「後浪」旗幟，其實就已隱含對抗「前浪」的意味。

眞的是「後浪來了」，一九七一年元月，要敲自己的鑼、打自己的鼓、舞自己的龍的「龍族」詩社正式成立，陳芳明說：「詩社最先發起人是辛牧、善繼和蕭蕭，後來林煥彰、蘇紹連、林佛兒、景翔、喬林和我才陸續加入的。」（《龍族》第十號）重要的龍族人至少還有高上秦（高信疆）、陳伯豪，由陳芳明執筆的《龍族詩選》序——〈新的一代新的精神〉中說：「龍族的組成份子是以年輕人爲中心，年紀最大的不超過三十二歲，最小的不低於二十二歲。」

接著成立的是「主流」詩社（同年六月），同仁有羊子喬、李男、杜皓暉（杜文靖）、林南（黃樹根）、黃進蓮、吳德亮、凱若、龔顯宗、文采等人；「暴風雨」詩社（同年七月），成員有沙穗、連水淼、張堃等；「大地」詩社（一九七二年六月），成員有陳慧樺、林鋒雄、李弦、古添洪、林明德、翔翎等。

新的一代確實有新的精神，這一大羣與繆斯結緣的年輕生命，反省並批判着六〇年代普遍性的西化與現代主義的流行，他們提出了縱向繼承傳統、橫向關切社會現實的詩之信念，他們充滿信心，以昂然的戰鬪雄姿和別人論戰，在整個時代的批評浪潮中，他們呼應或對抗著關傑明、唐文標批判現代詩的運動，和《文季》諸君對於現代小說的猛烈攻擊亦有隱性的關聯。更放大來說，七〇年代初期，中華民國退出聯合國、釣魚臺事件、中日斷交斷航等等外交上的挫敗，導致海內外知識分子重新反省自身的處境，廣泛的發展出覺醒與理性的批判精神，新的一代在這樣的時代潮流中出現，無可避免的會受到影響，而其時代性意義也正在這個地方。

站在八〇年代的後期，回望那一段風起雲湧的歲月，實在有太多值得我們深思的情節：

「龍族」鬧分裂，蕭蕭和蘇紹連退出，導致「詩人季刊」和「龍族」的關係微妙；「詩人季刊」的牧尹、廖莫白和「龍族」的施善繼，在八〇年代前期結合另一些更年輕的詩人（楊渡、鍾喬、李疾等）組成備受注目的「春風」：要「使詩成爲全面的進步運動的一員」（發刊詞）；「龍族」最後分崩離析，高上秦「人間」十年，影響臺灣文學之大很難丈量，林煥彰走到兒童文學的範疇，最近幾年則熱心於海外華文文學工作，陳芳明浪逐異域，成了「受傷的蘆葦」，漸漸消失了原本強烈的「中國性」，成了「臺灣人意識」文學思想的理論大將；「主流」和「暴風雨」之間曾經彼此「剃頭」，有過論爭，後者的主要成員後來成爲元老級詩社「創世紀」的年輕一代，前者的草根性很強，曾在鹽分地帶的南鯤鯓廟召開「全國詩人聯誼會」（一九七三）、「南瀛文藝營」（一九七六），可以說是連辦九屆的「鹽分地帶文藝營」的前身；一向穩重的「大地」，其成員後來大多數成了大學中外文系的教授，從事學術研究，並且關切現代詩的發展。

從這裏我們可以發現文學青年的一些基本特質，有自以爲是的理想、熱情、衝動，可塑性很大，朋友彼此之間的聚合頗具戲劇性。緣此以觀其後陸續組合的青年文學社團，大都如此，以成立於七〇年代末期，在八〇年代初期異軍突起的「陽光小集」來說，他們繼承「龍族」的精神，帶點整合意味、批判性地繼承已形成的詩之傳統，發揮很大的影響力，其後亦因內部的矛盾和外界的複雜關係而宣告解散。再往下看一些旋起旋滅的詩社，覺得好像都是在重複一些過去的歷史經驗。

在其他的文類上面，我願在這裏提出「報導文學」和「小說」兩類。

七〇年代中期開始，臺灣出現一個頗具時代性的文學類型，那就是「報導文學」，這無疑是最可以呈現年輕生命的熱情的文學形態，在強勢媒體的鼓吹之下，一些懷抱著社會責任的新生代知識青年，以文學筆、新聞眼去從事人生的探訪和現實的報導，他們上山下鄉去探索本土的現實，關切文化資產及生態環境，把陽光照耀不到的陰暗小角落曝光。這羣報導文學工作者至少應包括林清玄、古蒙仁、翁台生、陳銘磻、李利國、邱坤良、徐仁修、馬以工、韓韓、心岱等人，他們對這個社會的貢獻是有目共睹的。

在小說方面，七〇年代崛起文壇的小說新銳，在質量上都非常可觀，符兆祥在民國六十六年編上下兩册的《一九八〇》時選了小野、吳念眞、古蒙仁等二十位；向陽在七十五年編《新世代小說代表作》（上下兩册）選了黃凡、李昂、張大春等三十一位；歐宗智、魏偉琦編《七十年代作家創作選／小說卷》選了履彊、吳錦發、蘇偉貞等二十六位。三部選集所選的小說家大部分是在民國三十八、九年以後出生的，他們出現在鄉土文學論戰（一九七七）前後，許多都經由大報的文學獎之肯定，而後受到廣泛的注意。他們各有不同的出生環境，教育背景相當多樣。關於後者是一件非常值得注意的事，六〇年代以外文系爲大宗的現象已經沒有了，許多中文系的學生投身小說寫作，並有很好的成績，像古蒙仁、鍾延豪等。其他科系的也相當多，像保眞讀「森林」、顧肇森讀「生化」、小野讀「生物」、吳念眞讀「會計」、李昂讀「哲學」、蘇偉貞讀「影劇」、小赫讀「醫」等，專業知識的訓練，對於寫作很有影響，也值得探究。

進入八〇年代，七〇年代的「新秀」，停筆者有之，改行者有之，但持續創作的也不乏其人，而且各有其意願選擇的發展方向，但是更年輕的一輩又一輩的寫作者出現了，他們經由校園各種文學團體、校外各種文藝營或寫作班、各種大大小小的文學競賽、報章雜誌有意突出具特殊寫作才華的年輕人等等可能的管道，逐漸嶄露頭角。

在這樣一個年代裏，臺灣的經濟開發已經抵達高峰，爲了開發經濟，自然生態破壞了，生存環境被污染了，人們愈來愈功利短視了。而在政治上，經過七〇年代末期的中壢事件、美麗島事件的撞擊，意識形態的兩極對立逐漸明顯，中間地帶也逐漸形成，開放、多元的呼聲愈來愈高，到了去年七月，政府終於宣佈解嚴、政治性人民團體將開放；今年元月，報禁解除、經國先生逝世，臺灣進入一個前所未有的變局。

在文學上，大陸「文革」以後所謂「新時期」的文學大規模登陸臺灣；世界性華文文學的研究正有一股熱潮；臺灣文學的國際地位被擺在檯面論爭；一些作家積極參與政黨活動、社會運動；文學作品不斷被拍成電影；文學的商品化、庸俗化的情況日愈嚴重等等，都緊緊牽繫著我們作家的思路。

大環境如此，戰後出生的第一代歷經六〇年代的吸收、七〇年代的鍛鍊，自我風格皆已形成，如何再深化思想，並緊扣時代脈動，是最重要的課題。新崛起的作者羣呢？必然還有一段時日的摸索、試探，深具潛力，值得期待的已經不少，寫詩的陳克華、侯吉諒、許悔之、羅任玲，寫小說的楊照、田雅各、王湘琦，寫散文的吳鳴、簡媜、陳金，寫評論的林燿德、萬胥亭等。不過，我們也看到一些可憂慮的現象，譬如說即興式的籌組詩社、辦詩刊；譬如說一些新出現的寫作者和商業體系結合太密；譬如說大部分的年輕作家格局太窄，缺乏大開大闔的胸襟器度等等。

本文約略反省了七〇年代、八〇年代崛起文壇的作家及其文學活動，這羣光復以後出生的一代，由於是在臺灣土生土長，具有完整的臺灣經驗，在他們身上，我們看到了四十年來臺灣的一切變遷，可以被斷代來從事研究，本文無法承擔這種重責大任，只能期待他日。

（七十七、三、二十九《聯合報》副刊）

戰後世代文學的考察與期待

——與蔡源煌教授對話

李：對於正在發展中的文學之觀察，一般來說，很難突破因時間太近可能形成的限制。我們二人在學院內的文學訓練雖然有很大的差距，但文學趣味顯然都不在創作，而是評論（或研究），而且都關切當下的文學氣候。在這種情況下，來做一場關於近年來文學發展的對話，是有趣的一項挑戰。

毫無問題，發生在十年前的鄉土文學論戰是當代中國文學發展過程中一個主要的關鍵，影響十年來的文學走向至深且鉅。依我看，那是一次具有相當複雜性的文學運動，一方面對過去的文學思想有一種總結性的整合功能。另外，對於未來，它開啟了一些新的可能，其中之一是現役的戰後世代作家在整個論戰中體驗了特殊的政治格局下，相對的文學觀點之辯論與激盪，由於這些新生一代的作家具有相異於前代的思考與創作條件，很可能會發展出新的時代文體，你對這些問題有些什麼看法？

蔡：當年的鄉土文學論戰，政治成分確實高了一些，撇開它的政治性不說，我們當然可以對它進行文化性（或文學性）的檢討。如果仔細思考，它呈顯出來的主要意義之一是：作家成員的替代具有相當程度的革命性。一個明顯的具體現象是，黃春明、王禎和等人的作品替代了學院出身的現代派作家。第二個現象是，就題材來說，這兩組作家的區別已不是城市鄉村的分際而已了，現代派作家從過去的鄉愁中走了出來，走出來以後，卻馬上走入現代化以後精神上的苦悶中去思索，而鄉土文學的取材在於生活面的各種浮面現象，表現了當代臺灣這個時空的中國人和土地之間的諸多關係。第三，鄉土文學在奮起與掙扎中，手法上頗有往回走的傾向，不過，論戰之中或以後又有了一個新的摸索，那就是所謂的寫實主義慢慢在近幾年間被修訂，王禎和努力在小說的敍述上力求突破，李昂強調技巧上的考慮，《暗夜》與《殺夫》比起她早期的作品更講究敍述問題；另外，「魔幻寫實」也出現了，張大春可爲代表。

年輕一代的出現，比較能從浮面現象去看出裏層的含意，一些以前有所禁忌的問題，目前都敢去突破。平心而論，如果鄉土文學使寫實主義復活了，最近五、六年來不少年輕一代的作家，可以說已修正了寫實主義，甚至於他們對於文字能否「再現」現實的問題都表示了學理上的關切。

李：在中國，這是一個非常古老的問題，就是「言」到底能不能盡「意」，過去的文學理論家一直在爭辯，引申到現在，就可以說是：寫實到底可能不可能的問題。

蔡：除此之外還有一個根本的文學界定問題，過去的寫實主義者認爲文學中的現實是相對於外在世界的眞實，他們希望能直接達到照像式的傳眞效果；嚴格說，文學所處理出來的現象，只是外在現實的一個辯證性的影子，也可以說：文學是創造了一個起源自生活現實的另外一種現實，是過濾過的理念。

李：臺灣光復以後出生所謂戰後世代的現代作家，以年齡來算，現在大約是四十歲左右到二十歲上下，生於斯，長於斯，他們所面臨的是新的教育制度、新的經濟結構、新的社會秩序。

站在文學的立場來說，影響於文學創作的，除了整個外在客觀的因素之外，個人主觀的條件更是重要，新生一代的出身、成長過程、教育背景，相當複雜，整個時代的腳步又快，消費性特強，所以整個文學活動在本質上必然會產生大變化，你對這問題的觀察如何？

蔡：文學在傳承的過程中是一種替代的運動，新的元素注入便會造成新的整合。從軍中作家羣、外文系出身的作家羣到現在各種多重訓練的人加入文學寫作的行列，各種不同的新的東西不斷出現是必然的。說到教育背景，就客觀的因素來說，一套完整的教育對大部分人的約束力是很大的，文學想像也不太容易有所啟蒙，但是對有文學天分或文學特殊性向的人來說，不同的學科訓練反而會是特殊見地的來源；比起一般人，他看問題的深度應該會強得多。

李：除此之外，我們是否應該考慮作家對自我角色的認定問題？

蔡：年輕一代的作家開始對他們自己的作品的定位問題感到關切，那是一種對時空的重新認識，就時間來說，他們關心自己的作品怎麼擺入文學史上去評估；就空間來說，年輕一代的作家對當前國內文學的國際地位也開始思索。這些都有助於他們的奮鬪，因爲有了更高更遠的目標了。

另外，我發現新一代的作家已經有一種叫「中間人」的寫作態度出現了。過去作家不是扮演一個「社會中人」，不然就是「局外人」。「社會中人」扮演一個內情專家的角色，「局外人」又是以被社會放逐的角色自居，對社會缺乏情感上的認同。而這「中間人」呢？他既不在局內，也不在局外，他融合了內情專家的權威，提高對事物的嘲諷性，用戲謔的語調去處理現實題材，有諧擬的效果，讓人看了覺得好笑，又不得不去面對其中的問題，我想黃凡的「都市生活」應可以拿來做爲說明。

李：對於你提出來的這個現象，我很感興趣，主要是我認爲一個當代的臺灣作家應該能夠超越現實中對立的意識糾葛，假如現實中有衝突，他應試圖去化解，而不是昇高和擴大。這中間地帶很寬廣，存在著許多可能，也不只是嘲諷一途而已，否則也只不過在對立的兩極中多出和它們對立的一端罷了。我希望在我們的文學社會裏，具有「中間人」寫作立場的人逐漸多起來，文學才會有多樣件的面貌，品質也才能提高。

蔡：另外，有一點可以談的是，對於年輕的一代，配合「後現代」的概念來說，其中有一個主要的特色是一種懷舊，一種鄉愁，作家們都喜歡去寫童年往事的回憶，當他們去面對過去的鄉村經驗時，返鄉和懷舊的主題就出現了，其中反映了現代人城市生活中一種精神歸宿的飄渺，和過去的鄉土文學，不論是觀察角度或思想深度，可以肯定是有很大的不同。

李：七十年代，甚至於是八十年代的鄉愁，和五十年代的鄉愁，在作家的本心本性上，在我看來是沒有什麼不同的，五十年代那麼多從大陸來臺的作家，經過戰亂，離鄉背井，於是而有大量的懷鄉之作，這是人性，在當時也代表一種「集體的目標」，我們應該正視他們的創作動機與表現，才能在文學史上爲他們找到一個合理的位置。

蔡：懷鄉是一種情緒，可能成爲文學表現的母題或子題，我剛剛講過，創作者容易以記憶爲取材的來源，新的一代和前行代記憶中的現實有很大的不同，所以其懷鄉在本質上是有所不同的，最起碼就空間來說，年輕的一代，因爲生長的土地小，懷鄉在實質上是不大可能的，所以說只是一種精神上的替代，一種具有文學消費（Expenditure）意義的鄉愁。五十年代就不一樣了，他們離鄉那麼遠，當然有理由懷鄉。

李：我們今天的談話觸及當代文學發展的一些問題，尤其是對於戰後世代的考察與期待。我個人一直有一個信念，文學的興替，雖無法擺脫政經等外在客觀條件的影響，但是觀察者（或評論者）本身卻應超然於現實的抗爭之外，用純學術的態度和方法去處理錯綜複雜的文學之內外關係，當代研究的難題，我們都了解，但我想我們應該勉勵自己去突破困境。

（七十六、六、十三《聯合報》副刊）

現階段幾個文學現象的思考

以下對於現階段幾個文學現象的思考，純粹是我個人的淺見。所謂「文學現象的思考」，如果要週全，它的對象應包括一切關於文學的人、事和作品，然後把它們納入現階段的生存空間以及文化格局中去看它們彼此之間互動的複雜關係，本文無力承擔這種重責大任，所以只能對幾個現象略作思考。計畫當中還包括海峽兩岸文學發展的比較、女性作家在文學暢銷書排行榜上居高不下的原因，以及龍應台評小說所造成的震撼，由於篇幅及時間的關係，就暫且不論，希望能有機會再行補充。

文學史料極需整理

要對現階段臺灣的文學之發展有一個整合的考察，除了在方法的掌握與運作上必須合理而且有效之外，還需要具有一種歷史性的眼光以及一個極寬廣的視界。基本上這樣的工作有相當程度的困難，首先遇上的便是資料的問題，直到目前爲止，我們連一本詳實的「文學年鑑」的編輯與出版都困難重重，更遑論是一部斷代的「現代中國文學日誌」了。

蒐輯、整理文學史料是文學史研究或寫作的預備作業，其重要性早就爲文學界的朋友所知道，然而由於這項工作必須投入大量的人力和物力，而且必須長期累積，個人的條件有限，只能各取所需，或者是短暫性的從事，小規模零星的戰鬪，成就畢竟有限。譬如說，今年以來，在大約四百本的文學出版品中只有隱地的《作家與書的故事》、劉心皇的《抗戰時期淪陷區地下文學》和劉枋的《非花之花》屬於文學史料，而文學刊物中也只有一份雙月刊《文訊》重視史料的工作。我以爲我們主管文化工作的政府單位或者什麼樣的文教基金會實在有必要成立「文學史料整理小組」，以統籌規劃，而且徹底執行，當然更需要一份有關文學史料的刊物。

文學教育輕忽現代

記得十幾年前國內曾有一次大規模的有關於新文藝教育的討論，今年二月出版的《文訊月刊》也檢討了中文系的新文藝教育，兩次前後比較，我們發現，十幾年來，現代文學在大學中文系中有漸受重視的傾向，中文系出身的學者關心甚至研究起現代文學的人已逐漸增多，他們分佈於各大學，積極從事文學播種的工作，這些年頗見功效。

不過，這還不夠，因爲我們認爲大學中文系所應該是本國文學研究的重鎮，在古典文學上確實是如此，但是對於當代文學，現今大學中文系所根本沒有所謂的「研究」，我們只要看國內每一年有那麼多博碩士班研究生畢業，卻沒有一個以當代文學爲研究對象，就可以知道，現代文學根本沒有正式進入學院的研究系統之中，我想當海外都已經紛紛成立所謂「臺灣文學研究會」的此刻，國內文學界還如此「貴古賤今」，不是一個很大的諷刺嗎？

校園之外的文學教育，一些「文藝營」和「寫作班」都各有其特色，但短期的居多，設計課程、聘請教習，也都有所困難，或者不很理想，再加上對學員沒有約束力，只能任其自然發展，表面看來熱鬧非凡，但實際的功效則有待評估。至於一些文教機構或報社、雜誌社定期或不定期主辦的文學講座，多少也含有教育的功能，但由於不是常設性，屬於即興的性質，所以效果可能不會很大。

文學刊物任重道遠

關於文學的傳播媒體，報紙副刊不論是大或小，文學刊物不管是公開發行或是同仁刊物，都各有其一定程度的作用，這樣的說法，在一個市場取向的社會，也許有人會不以爲然，但我們知道，市場取向只是一時的現象，文學卻必須擺入永恆的時空座標去定位，以臺灣來說，《現代文學》、《文季》、《臺灣文藝》這些同仁性質的刊物，發行量那麼有限，但它們的重要性，比較起報紙副刊，毫不遜色。

現階段，報紙副刊仍然努力地扮演它的角色，主動或被動地發表一些備受爭議、或是毫不起眼的作品，文學刊物有一些舊的停刊了，也有一些新的創刊了；有的衝勁十足，有的顯得有氣無力。就這麼保持一種常態的發展。

不過，從去年到今年倒有一個現象頗值得注意，那就是人力結構的調整：去年年底，李瑞騰接任文工會《文訊月刊》總編輯；今年年初，張恆豪應聘出掌《臺灣文藝》；接着便是龔鵬程出任新創的《國文天地》的總編輯；古蒙仁到《中央日報》海外版主編「海外」副刊；高大鵬扛起《聯合文學》總編輯的重擔。另外，今年邁入第三十一年的《創世紀》把編輯的棒子交給沈志方、侯吉諒等年輕一代；邁入第二十一年的《笠》也交給李敏勇、郭成義執編；另外一直由文曉村掌舵的《葡萄園》也在創刊二十四年之際交給一位年輕的詩人吳明興主編。這種人力結構的調整所呈現出來的意義，依我看是非常重大，這些編輯人大約出生於五〇年代初期前後，從六〇年代到七〇年代，社會變遷、經濟結構有了大幅度的調整，在這種環境中，他們受了完整的新式教育，有已經拿到博士學位，在文學上，六〇年代現代主義的衝擊，七十年代母土文化的回歸，到了八〇年代，他們終於有「身在臺灣、心懷中國、放眼天下」的認知，有了「中國人觀點、世界性思考」的編輯理念。我想這樣的一個觀察，大體來說，雖不中亦不遠矣。可以預見的是，在未來的十年二十年間，他們以及他們的同道，將成爲文學發展的主導力量之一。

跨國活動有待加强

八〇年代以前，本地的文學活動中有與他國之間的文學交流，或者是個人的，或者是單向的，少有大規模、制度化的跨國活動，民國七十年，首屆「亞洲華文作家會議」在臺北召開，來自亞洲各地區的華文作家三百多人與會，發表論文六十多篇，民國七十三年，此會議有了一本機關刊物《亞洲華文作家雜誌》（季刊），至今已發行到第七期。第二屆會議甫於今年十二月初在菲律賓馬尼拉召開，發表論文三十三篇。

也是在民國七十年，首屆「中韓作家會議」在臺北召開，韓國方面提出三篇論文，我國作家提出四篇論文，同時頒發「中韓作家文學獎」，有將近百位作家與會。次年則易地而辦，至今年已是第五屆，將於十二月二十一日在臺北召開，有論文六篇，主題爲「工商社會與文學」。

民國七十一年，一個命名爲「中日韓三國詩人會議」的會議在臺北召開，並出版《亞洲現代詩集》（一九八二《愛》），主編者是中華民國的白萩、陳千武，韓國的具常、金光林，日本的秋谷豐、高機喜久晴，後兩年會議沒有大規模舉行，但《亞洲現代詩集》續出第二、三集（一九八三、一九八四），第一集中的每首詩皆以中、日、韓三國文字發表，其後則增加英文翻譯。

這種跨國的文學活動，有時也出之以嚴肅的學術會議形式，譬如說比較文學學會、古典文學研究會都曾主辦過。我們認爲，在今日這樣的一種時代，國際之間能以文學做爲溝通的媒介，以文會友，可能比起政經上現實的接觸還來得有效而直接，值得鼓勵支持，不過我們希望主其事者，能從大處着眼，一切的考慮安排都擺在文學上，大家共同爲文學的發展而努力。

（七十四、十二、二十五《中國論壇》二四六期）

1 閩南方言在臺灣文學作品中的運用

——以現代新詩爲例

臺灣文壇最近出現不少有關「臺語文學」的討論，有學者把這種現象視爲一種「運動」，指出其理論的「盲點與囿限」❶，立即引來激烈的爭辯，至今猶未歇息❷，可見這個問題的

❶ 廖咸浩，〈「臺語文學」的商榷〉，淡江大學「文學與美學學術研討會」論文，一九八九年六月十七日。此文經刪節，改題爲〈需要更多養份的革命——「臺語文學」運動理論的盲點與囿限〉發表於前一天（十六日）的《自立晚報》副刊，引發一場激烈的文字論戰。全文復刊於《臺大評論》一九八九年夏季號。

❷ 針對廖文的批評文章，據筆者所見，有宋澤萊〈何必悲觀——評廖咸浩的臺語文學觀〉，《新文化》，一九八九年七月號；洪惟仁〈令人感動的純化主義——評廖文：「臺語文學」運動理論的盲點與囿限〉，《自立晚報》副刊，七月六日、七日；林央敏〈不可扭曲臺語文學運動——駁正廖咸

敏感性和嚴重性。由於文學係以文字做爲表現媒介，所以這樣的討論並不是孤立的，它牽涉到所謂「臺語文字化」的根本問題。從「語言」到「文字」，本身就極其複雜，在語言學和文字學上也都非常棘手，很難獲得一致的結論。而如果這僅止於學術層面的爭議，那還單純，但如果與當下現實的社會文化因素有關，甚至於參雜進去政治立場的考慮，則這個「運動」不只是會持續下去，而且將要擴大。

所謂「臺語」，是指臺灣這個地方的居民所講的話，最起碼應包含漢族多數居民的閩南語和客家話，以及原住民各族的語言。更寬廣來看，閩客以外的北方各地方言（包括北京話），也有不少在臺灣流通；而從比較狹窄的角度來看，也可以把佔臺語大多數的閩南語當作「臺語」，推動「臺語文字化」和提倡「臺語文學」的人，使用「臺語」一詞的時候，通常是指閩南語。

（續）
浩先生〉，《臺灣文藝》一一八期，一九八九年七—八月；洪惟仁〈狼又來了——評廖文「臺語文學」的商榷〉，《臺灣文藝》一一九期，一九八九年九—十月，此文是〈令人感動的純化主義〉的改題重刊。此其間，鄭良偉有〈更廣闊的文學空間——「臺語文學」的一些基本認識〉，刊《自立晚報》副刊（七月十四日），雖未指名駁正廖文，顯然亦因此而發。另外鄭良偉和洪惟仁有一來一回關於「臺語文字化」的論戰，洪文刊《自立晚報》副刊，八月一—四日，鄭文發表於同刊十月十日起，連載十天。

臺灣的閩南話，從整個漢語方言系統來看，是閩語中閩南方言的一支而已；從其地理本源來看，主要來自漳州、泉州和廈門，他們的祖先是從鄭成功領臺以後大量移民來臺的，再往前追溯，福建的閩南居民主要是三國以降由北南遷的。所以這個閩南語系統，其實正是從河洛古漢語分衍出來的，「所保存的古字和古音的若干痕跡彰明較著」❸。

因此，臺灣的閩南方言可以說源遠流長，而且古意盎然，自不能如張我軍所說：「我們的話是土話，是沒有文字的下級話，是大多數占了不合理的話。」❹也沒有必要自我肯定到這樣：「臺語有如蓮花之清純出污泥而不染，乃是商語正宗及漢語嫡傳之最完美結合。」❺但由於臺灣曾受日本統治長達五十一年之久，殖民政府在臺灣施行強迫性的語文教育，最後甚至全面廢除漢文；而光復以後，國民政府又積極推行「國語運動」，再加上一九四九年大陸失守，中樞遷臺，大量外省人士來臺等政治社會因素，使得閩南語的流通受到相當程度的限制。

---

❸見丁邦新，《臺灣語言源流》，頁一二六，臺北，學生書局，一九八五年二月學三版。

❹見張我軍，〈新文學運動的意義〉，原載《臺灣民報》六七號，一九二五年八月二十六日。引自李南衡編《日據下臺灣新文學・文獻資料選集》，臺北，明潭出版社，一九七九年三月，頁一〇二。

❺引自王華南編《古意盎然話臺語》頁十，臺北，笛藤文化公司。

我贊成從教育著手推行全國性的共通語——國語，但堅決反對對於方言的漠視或壓抑。在語言學的研究上，爲閩南語尋找漢文本字，確有其學術上的意義，有人願意有系統的去做「文字化」的工程，甚至於寫作所謂「臺語文學」，從創作自由的角度來思考，他們應被允許而且被尊重。

其實所謂的「臺語文學」，就是臺灣閩南方言文學，它在理論上能夠成立是毫無問題的，胡適當年肯定《海上花列傳》是「吳語文學」的第一部傑作，而且說，除了「京語文學」之外，「吳語文學」要算最有勢力又最有希望的「方言文學」，另外，他說：「方言的文學所以可貴，正因爲方言最能表現人的神理。」❻方言就是「鄉音」，唐代詩人賀知章〈回鄉偶書〉詩中所說的「鄉音無改鬢毛催」的「鄉音」，近代國學大師劉師培在爲章太炎《新方言》一書作序時說：「惟僻壤遐陬之間，田夫野老有於鄉音而語不失方，轉與雅記故書相合。」❼由此看來，我們不但沒有必要反對「臺語文學」，而且應樂觀其成。

但它如何而後能「成」？既成以後的文學語言究竟是什麼的一種形態？它會影響讀者的

---

❻ 見一九二六年胡適爲重新校印出版的《海上花列傳》所寫的序。本文引自胡適之《中國章回小說考證》，臺北，里仁書局，一九八二年，頁四四八—四五一。

❼ 《章氏叢書》頁二六四，臺北，世界書局。

閱讀而造成所謂的「隔」嗎❽？尤有甚者，它有必要和中文（國語）文學採取對立的立場去取而代之嗎？

2

根據資料顯示，遠在臺灣新文學運動的初期，「臺灣話文」與「羅馬字」都曾形成運動，引起廣泛的注意，再加上不少臺灣作家能以日文寫作，因此整個臺灣文學界出現了不同的表現媒介：

①和文（日文）

②漢文
- 文言
- 白話
  - 京語（國語）
  - 臺語（閩南語）

③羅馬字

---

❽胡適曾說：「但是方言的文學有兩大困難，第一是有許多字向來不曾寫定，單有口音，沒有文字；第二是懂的人太少。」（見胡適前揭文）當代文學評論家張漢良在導讀向陽方言詩〈村長伯仔欲造橋〉時亦說：「運用方言是文學傳播上的兩難式。就正面價值而言，方言能生動地表現地域色彩，能增加人物（包括敍述者與角色）塑造的眞實感。……就反面價值而言，方言爲一部分人所共有，因此其傳達面有限，缺乏普遍性，對於不熟悉此語言的讀者，會造成欣賞時『隔』的現象。」（見向陽方言詩集《土地的歌》附錄，自立晚報，一九八五年八月，頁一四九－一五〇）。

和文是統治者的語言，他們當然極力提倡，臺灣的知識分子有不少人能講能寫，甚至於以之創作，但不管怎樣，對於臺灣同胞來說，它總是外國語，而且民間的私塾教育主要是漢文，日常彼此交談則仍是閩南語、客家話等；至於羅馬字，雖有蔡培火、張洪南等人極力鼓吹，但總引不起一般人的重視，終因殖民政府恐有影響於日語的普及而無法擴張。

在漢文部分，受祖國大陸新文學運動的影響，「白話」猛烈擊衡「文言」，而且獲得了明顯的勝利，但新的問題又出現了，就是用什麼樣的「白話」？而且怎麼用比較「好」？於是，主張「把臺灣語言文字化」和主張「普及中國白話文」二者互相論辯，前者更進一步深及語言的內部，提出具體的建設性提案了[9]。

這樣的運動，不管是地域獨特性或民族共同性，可以想見的是絕難容於殖民政府，要有一致性的結論是不可能的事。但我們要知道，那時運動之所以會出現，乃是在被異族統治下所出現的特殊狀況，而在八十年代，「臺語文字化」和「臺語文學」的運動又是為什麼會產生呢？毫無疑問，⑴臺海兩岸的長期分裂；⑵國民政府從光復以後的語文政策——廢日文，推行國語運動，對地方語言有意無意的壓抑；⑶臺灣內部長期的政治對抗等因素所造成的結果。本文不願在這方面多做討論，但有一點值得運動者深思：日據下的臺灣普遍都是文盲，

[9] 此處所述詳見廖毓文〈臺灣文字改革運動史略〉，收入前揭李南衡所編書。

而今天的臺灣則是普遍識字，而且各省人縱有方音（譬如「臺灣國語」、「廣東國語」等），但都不妨礙溝通對話。所以，臺語被當做學術層面一個重要的研究課題，是應該不斷加強，持之以教子弟，亦可妥善規劃，但是把它社會化變成一個運動，在此時此地，是否確有必要？

3

基本上，臺語做為大部分臺灣居民日常的一種用語，進入以臺灣社會的事物爲素材的臺灣文學作品中，應是必然會出現的一種現象，問題是它究竟以什麼樣的形態出現？以詩爲例，就單篇作品來說，臺語在作品中的運用有「部分」和「全部」的不同。部分運用的情況有兩種，一種是臺灣特有的用語，像日據時代詩人楊華寫「西子灣」：「若是穿過磅空，／來到西子灣」⑩，「磅空」就是「隧道」；像「地震」，臺語是「地動」，楊少民（筆名少明）就有一首〈地動〉詩⑪；其他像當代詩人林宗源寫「電風」⑫、岩上寫「風鼓、竹竿

⑩ 題〈西子灣〉，收錄於李南衡編《日據下臺灣新文學・詩選集》，頁七三。

⑪ 同上，頁三二三。

⑫ 《食品店》頁七八，臺北，笠詩社，一九七六年七月。

叉」⓭等都是臺語名詞個別進入作品中的例子。

另一種是作品中有對話，爲契合人物的特性，也有將人物的日常用語文字化的，這種情況在臺灣的鄉土小說中經常可以看得到，而且不止省籍作家（如王禎和、許振江等），連所謂外省籍的第二代（如朱天心），也有人用得非常熟練⓮。除了小說，詩中也偶會出現，譬如前面提到的楊少民，他有一首〈歷訪〉（三段，十七行），各段皆有一問一答，問話是白話中文，答話則是臺語，如：

「有的，先生！好心的先生這個小孩——
地動驚著，屎尿不停來！
還有的……一個」⓯

主要是說這個可憐的小孩因地震而驚嚇過度，連大小便都停不下來。這樣的作品不多，

⓭《多盡》頁八〇、一七二，臺中，明光出版社，一九八〇年五月。

⓮王禎和的小說像《玫瑰玫瑰我愛妳》（臺北，遠景出版社，一九八四），許振江的小說像長篇《寡婦歲月》（高雄，愛華出版社，一九八七）等，臺語的量都很豐富；朱天心新近出版的《我記得》（遠流出版社，一九八九）有一篇〈十日談〉，對話部分有不少臺語。

⓯同註⓾，頁三二一。

有意而且處理最好的可能是當代年輕詩人向陽，在他的方言詩集《土地的歌》中有三首以雙語（國語、臺語）交錯發音，皆是在特定空間裏，相對的雙方潛在的對話，呈現出完全對立的心理與事實，下面是其中一首〈在公佈欄下腳〉⑯的節錄：

「不料國外市場競爭激烈。本公司外銷，
（請裁做伙咧，逐日攏退貨，
「遭受很大打擊，虧損嚴重，
（逐年也講這款話，騙菜鳥……
「經過董事會不斷投資挽救，
（奇怪，頂個月猶講是全國賺上濟？
「上個月虧損已達一千數十萬，
（我目睭有問題否？明明聽講是賺哪！
「又遇銀行緊縮銀根，融資困難，

---

⑯《土地的歌》，頁一四四—一四五。

（欲賺欲賠隨在伊，什麼銀行什麼公司？

「在萬分不得已的情況下，不得不斷然宣佈：

（也有這款代誌？

「自本月三十日起正式停車，

（啊？啊！定去囉！

向陽以一種充滿戲劇性的衝突方式，把企業宣佈倒閉，員工讀公佈時的心境與他們在現實中的困境，充分地表現出來。單直角引號部分是國語，是資方發言；圓括弧部分是員工心聲，以臺語發音。這裏面，「請裁」是隨便；「逐日」是按日、每日；「菜鳥」意卽笨鳥，指沒經驗、不上道的人；「頂個月」指上個月；「上濟」的意思是最多；「目睛」就是眼睛；「代誌」就是事情。有古典臺語，有現代臺語，向陽用得極自然。當然，這並非唯一的表現方式，但是詩人爲了詩藝術在語言形式和實際內容上的需要，所採取的寫作方式，理應受到尊重，當他做此選擇的時候，可能已有意隔離一部分的讀者了，不願意被隔離的讀者當然得設法去解讀。幸好向陽自己很能了解，所以特別編製一個「臺語注釋索引」，這未嘗不是一個折衷的良策。

至於全部用臺語的，也就是近時的「臺語文學」。到目前爲止，在這方面力圖表現的臺灣作家大約十位左右⑰，詩、散文、小說、劇本、評論諸範域都有作品，有心推動的是《臺灣文藝》、《文學界》（已停刊）、《臺灣新文化》（已停刊）、《自立晚報》副刊以及一些反對黨的政論刊物等。參與者一方面企圖建立系統理論，一方面勇於實踐。但其中存在著不少觀念的差異與實際作法上的不同，譬如鄭良偉主張漢（文）羅（馬字）雙用，洪惟仁則持反對意見，主張全用漢字，林央敏則提出更大膽的說法，希望「完全脫離漢字」，「改以拼音字書寫臺語」⑱；在詩之創作上，則前兩種情況都出現了，大體上來說，比較多的還是全用漢字的，譬如林宗源的臺語詩即有用漢字表達的，也有用漢字配合羅馬字表達的，而向陽、宋澤萊、黃勁連等人則用漢字書寫臺語，創作了不少臺語詩。但即使是用漢字，都會有不同的表現，以閱讀難度來說，林宗源第一，向陽其次，宋澤萊、黃勁連非常淺白易懂。宋

---

⑰ 依筆者所見，他們是：向陽、宋澤萊、林央敏、林雙不、林宗源、林錦賢、洪惟仁、許水綠、許極燉、黃勁連、鄭良偉等。

⑱ 鄭良偉有關臺語的研究專著甚多，近期出版的是《走向標準化的臺灣話文》，自立晚報，一九八九年二月；洪惟仁的著作主要是《臺灣河佬語聲調研究》，自立晚報，一九八五年二月。林央敏未有臺語研究的專書，他的這些意見見於〈臺灣的蓮花再生〉〈重建臺灣文芻議〉，前衞出版社，一九八八年八月。

說他是在寫「頌歌」，黃則擺明是作「歌詩」，當然適合歌、誦⑲；林、向二人有別，主要是前者古語多，向則出入古今，意在使之可讀，鄭良偉曾比較過二者在臺語詩寫作上的不同：「兩人平平關心母語關心鄉土。向陽猶貞少年，認眞研究學習一般人一直 beh 喪失的民俗傳統，請教前輩學習，查翻古籍研究，來應用 tī 現代的社會。林宗源加向陽 beh 到二十歲，閣有漢文基礎，對傳統的物件有自信，也無去 Kā 稀罕，……」⑳這一方面牽涉到日常的臺語認識和習慣，書寫時文字化的經驗（詞彙的掌握、語法的精熟）也是決定因素。

我們可以把這樣的差異視爲語言風格上的不同，但就文學作品需要普遍傳達的立場，詩人實不能不仔細去考慮讀者的接受情況。當然，時代在變，潮流也在變，文學的問題一但觸及根本的表現媒介的討論，便已經到了非正視不可的地步了，我們不擔心變，只期待變得更好，而要使之更好，在對應的態度上，一定得開放、寬容；在方式上，則需從民族情感、國家立場、地區特性等多方面，以嚴肅、客觀的學術方法去處理有關的歷史和現實問題。讓我們共同期待這一次觸及語言的文學運動有一個良性的發展。

（七十九、三《華文世界》五五期；七十九、六《臺灣文學觀察雜誌》一期）

⑲ 宋澤萊有《福爾摩沙頌歌》（臺北，前衛出版社，一九八三），黃勁連以〈臺語歌詩〉爲總題，發表很多易懂流暢的臺語詩，尙未結集出版。

⑳ 見鄭良偉編著《林宗源臺語詩選》〈向文字口語化邁進的林宗源臺語詩〉，頁八，自立晚報，一九八八年八月。此文亦收入鄭著《走向標準化的臺灣話文》。

變革中的詩刊

六十多年來，中國新文學中的主要文類——詩在臺灣的發展，我們可以這樣說，其推動的力量有一部分來自詩社及其發行的詩刊，他們各自提出觀念，系統化成一套理論，創作並據以考察詩之現象，他們引起爭議、責難，自認爲義無反顧的加以反擊，整體匯聚成一條多源而合流的新詩大河。

從五〇年代到六〇年代，臺灣一些主要詩社，彼此之間雖常有紛爭，不過大體還維持一種均衡的狀態各自發展。在七〇年代初，一個年輕的「龍族」詩社敲鑼打鼓引發一場全面性的詩之反省活動；八〇年代初「陽光小集」異軍突起，帶點整合意味、批判性地繼承已形成的詩之傳統。而如今，這前後相差大約十年的年輕詩刊，在完成他們階段性的任務之後，已經可以擺入現代詩的歷史檔案裏，靜待後來者去引證分析了。

此其間，比較具有歷史的詩社和他們所辦的詩刊，或者成爲被批判的對象，或者迅速的被後繼者加以肯定，而他們的成員，有的冷靜地觀察時變，試圖調整自己的腳步；有的則躍躍然動，縱身風浪之中。另外，有一些詩社宣告成立，有一些則不聲不響地休刊、詩社解散。彷彿一切的發展都那麼自然的合乎歷史通變的律則。

2・

八〇年代以降，當《陽光小集》風起雲湧之際，《腳印》、《掌握》、《漢廣》、《詩人坊》、《心臟》、《詩畫藝術家》、《臺灣詩季刊》等新的詩刊紛紛出現。老詩刊中，《創世紀》曾醞釀交棒未成；《現代詩》復刊了，卻顯得後繼乏力；《笠》詩刊開始在檢討所謂的「戰後世代」。整個詩壇的氣氛似乎已到了一個巨變的關鍵時刻了。

令人憂心忡忡的一九八四來到了。吳晟主編的前衛版《一九八三年臺灣詩選》以及渡也猛烈地批評普受一般讀者喜愛的席慕蓉的詩，引起軒然大波，暗潮洶湧；另外，一場命名爲「現代詩學研討會」的學術會議隆重召開，「中國現代詩三十年詩刊、詩集、詩人資料特展」在國立中央圖書館大規模的舉行，顯示現代詩在臺灣的發展已經有了具體的成果，可以被擺在學術層面去面對了。

在這個情況之下，有《晨風》、《草原》、《傳說》、《鍾山》四個新的詩刊分別誕生，不約而同的走著抒情的路子，而多年來一直堅守抒情陣容的《藍星》，終於有了一個強而有力的出版企業之支持，大方而美觀地走向市場。

就在這一年的四月，在意識形態上與《夏潮論壇》相呼應的《春風》創刊，首期獄中詩專輯及其他理論文字與作品，宣示這個具強烈鬭爭性的非純粹詩刊，自有其社會的、政治的參與取向。

六月中旬，《陽光小集》宣告解散的一封緊急聲明震驚詩壇；七月，原來非常純樸，帶著原野氣息的《掌握》詩刊，突然擎起鮮明的批判旗幟，呼應《春風》，遙繼《詩潮》，企圖去走激進的路線。

就在這一年，令人憂心忡忡的一九八四，連一向明朗、溫和的《葡萄園》以及秀美細緻的《秋水》，也突然間火爆起來，針對《一九八三年臺灣詩選》及其他一些相關的詩壇現象，強烈地表示不滿，然後事件很快就被黨外政論雜誌給政治化、複雜化起來了。

3

一九八四終於過去了，歐威爾的預言沒有實現，大家似乎都鬆了一口氣。詩壇雖然場面有點火爆，又好像有人在煽風，但總算有驚無險。

然後便是一九八五年了，一些詩社仍然繼續活動，詩刊也不斷出版，計有《創世紀》、《藍星》、《笠》、《葡萄園》、《秋水》、《大海洋》、《掌門》、《詩友》、《掌握》、《心臟》、《鍾山》、《草原》等十幾家，大部分都是小規模的發行，流傳於詩人朋友及愛詩者之間，有一些進入圖書館，有一些則到了對文學史料有興趣的朋友手上。

這一年，關於詩社與詩刊，值得一記的事，依我看有下列數點：

㈠《藍星》由一向穩健，詩壇關係良好的向明接編，仍然不高標理想，定期出刊，編排高雅，從發表的作品看，主編者的包容力很大，尤其刊登很多海外華人詩歌，默默耕耘，自有其一定程度的作用。

㈡《創世紀》、《葡萄園》、《笠》三個詩刊的編務交棒，接棒者是年輕的一代。

創刊於一九五四年十月的《創世紀》，到了六五期（一九八四年十月）剛好創刊三十年，出了一個三百多頁的特大號，同時出版《創世紀詩選》。從六六期（一九八五年四月）起，編務交給新的一代——由江中明、沈志方、周安托、侯吉諒、張漢良所組成的編輯羣，其中實際擔綱的是江中明、沈志方和侯吉諒。就實際表現來看，這第六六期只是過渡，「張默風格」仍在，到了十二月出版的六七期，才有新的面貌、新的聲音。

這種新生命的注入，對於《創世紀》來說，是一次體質上的大變化，年輕的編輯者江中明說：「我們期待，邁入第二個三十年後，創世紀將再興起另一次的造山運動。」也許，從事詩之教育的「詩創作坊」的成立是個最好的起步吧。

邁入第二十四年的《葡萄園》，一九八四的怒火未熄，一九八五年五月出版的第九〇、九一兩期合刊，又刊出七篇評論文字，皆環繞著《一九八三年臺灣詩選》及引發的各種糾紛，或許是這一次的論戰，特別尖銳敏感，使得主編者文曉村先生有了一次基本的反省，結果是十一月出版的第九二期完全改頭換面了，看來這也是一次成功的交棒，接棒的是這幾年來產量驚人的年輕詩人吳明興。

新人接棒，都免不了有一段時間的摸索、試驗，包括策畫能力、編輯技術以及人際關係等等。這兩個詩刊的重新出發，是否可以「再興起另一次的造山運動」，或者「把明朗深化到明澈的境地」（吳明興語），我們應該耐心地在觀察中期待。

相較於上述兩個詩刊，《笠》的年輕一代由於參與編務比較早，所以當他們步入第二十一個年頭（一九八五）全面交棒時，顯得非常從容，掌編的是李敏勇，郭成義協助執行，從一二五期開始，以他們的前行代當封面人物，標示出「現代詩學與文化教養」，李敏勇在該期的卷頭語中說：「我們認為：我們應該在藝術性的陣地，面對社會性做新的詩學的開拓，先把詩做為文化教養的基石，改善個人和社會體質，……。」當落實在實際的編務時，新的《笠》一方面肯定前行代的詩之造詣，一方面針對「戰後世代」的詩之精神加以試探；定期舉辦「笠詩友會」，努力翻譯外國詩；而最大的手筆，可能是即將一口氣推出，包含三十冊的笠叢書《臺灣詩人選集》，預料將是詩壇一件大事。

㈢《草根》復刊。七〇年代中期出現的《草根》詩刊，在出版四十一期之後休刊，時為一九七九年六月。一九八五年二月，《草根》復刊，由單冊改成對開海報型式，重磅銅版紙，一面選用繪畫作品彩印，一面刊載詩及評論文字。復刊一年中出版了八期。

前期《草根》在發現並探索現代詩的各種可能性上做得非常積極，而且成績很好，這些可能性的發現包括詩質與詩類的深度呈現，這是「體」；在「用」上面，《草根》實驗以現代詩語言製作春聯，將詩與生活做適度結合，強化詩之朗誦時的聲與光之效果等等。近期《草根》一開始便提出「專精」與「秩序」兩個探索的方向，提出「心懷鄉土，獻身中國，放眼世界」的抱負（詳見〈草根宣言第二號〉），在創作上，「關心生活」、「關心環境」，提倡「科幻詩」等；在編輯路向上，大篇幅發表具有潛力的校園詩人之作，提拔後進，不遺餘力。

以羅青、白靈為首的「草根社」，善於提出構想，勇於實驗、實踐與反省，在八〇年代的中期獨樹一幟，頗有領詩壇風騷之勢。

㈣新詩社與新詩刊的出現。《草根》特別推薦的新銳詩人，像林燿德、許常德、黃宜敏、許悔之、葉旻振、黃世裕、林宏田、萬胥亭等，都是二十歲上下的青年，大部分都還在大學院校讀書，這羣新銳所代表的世代，用羅青的斷代來說，就是所謂的第四代。

第四代的詩人在八○年代以後成立的詩社，到目前都還停留在摸索階段，但衝刺力都很強，像「洛城」、「晨風」、「草原」、「傳說」等，而一些比較有歷史的校園詩社，像政大的「長廊」、文化的「華岡」、北醫的「北極星」、高醫的「阿米巴」、師大的「噴泉」等，目前也集結一羣一羣蓄勢待發的校園詩人。於是我們隱隱然看到即將龍騰虎躍的一個新的世代。

在剛過去的一年之中，又有幾個新的詩刊誕生：一個是元月創刊，東吳大學文藝研究社詩組發行的《南風》詩刊，他們的理想是「辦一份純粹而自由開放的青年詩刊」，已經發行五期，現任社長湯富紫；一個是五月創刊，潛力十足，頗有整合意味的《四度空間》，已出版三期，同仁有林婷、林美帥、柯順隆、朱少甫等二十多位，他們製作專輯，發表長詩，編排新穎大方，做法已經相當成熟，執筆寫發刊詞〈八〇年代的詩路〉的林婷（掛名社長），目前還是一位五專三年級的學生，從這裏可以看出這個詩刊未來無限的可能性。

另外就是九月推出「首期實驗號」，十一月正式推出「創刊第一期」的《地平線》雙月刊，同仁將近三十位，分別來自全省十七所大專院校，活動能力比較強的是陳朝松和許悔之。前輩詩人洛夫爲這個詩刊刊頭題字，並於實驗號中撰〈繫不住飛翔〉以爲賀詞。該刊在第一期中，以整版發表發刊詞〈起跑線上〉，提出他們在創作、批評、研究、譯介諸方面的看法，並宣告了他們對於中國新詩的原則、態度與體認。氣魄之大，不亞於《四度空間》的〈八〇年代的詩路〉。

站在八〇年代中期的這個轉捩點上，回顧近幾年來詩社與詩刊的演變軌跡，我們深慶現代中國新詩有著多元的發展，而詩刊在這發展過程中，自有其他媒體所無法取代的功能。對於元老級的詩刊在形態以及體質上的轉變，新生代詩刊不斷地出現，而且展現一個極爲寬廣的視野，我們有一些興奮，也有更大的期待，特別是對於新崛起的詩刊，我們期待他們把高標的理想落實下來，努力地去學習，勇敢地去實踐，走向一個更寬廣更健康的未來。

（七十五、三、二十七《中央日報》海外版副刊）

愛的主題

——《七十四年詩選》導言

從民國七十一年，爾雅和前衛兩家出版社開始出版所謂「年度詩選」，由於出版者文學觀點本就有異，再加上編輯羣性結構的不同，導致了這兩本年度詩選先天的就被注定要有不同的體質，經過三年來彼此潛在的互動與激盪，促使出版者與主編者爲了被詩壇及一般喜愛詩的讀者較高程度的認可，皆審慎從事，對於現階段詩之發展，這樣的情況顯然具有相當正面的積極性意義。

爾雅版的「年度詩選」，由於有「年度小說選」所建立的良好基礎，一開始就呈現一個合理而有效的運作體系，從在此之前的三本詩選的前言及附錄，明顯地可以發現這項事實。做爲一個實際參與者，我可以在此說明的是，編輯羣在一年一度的編輯會議上對於過去所做的檢討之熱烈與懇切，不斷影響著這一部詩選的編輯，預計在六個編輯人輪編一回之後，整個編輯將可制度化，我們的理想是這個制度所象徵的價值與目標，能夠被信賴、被珍惜。詩選的功能可以再擴大，不只是做到去蕪存菁，而且應具備有一種導向的作用，對於未來具有深切的期待。

我愛詩的情懷

當初編輯羣在協商輪編順序的時候，我要求延後，主要的原因是想避開博士論文的研撰，本來是想在寫完之後才接手，沒想到輪到我時，正和博士論文纏鬪之中，而且抗戰才開始，再加上我個人本職內的工作量太多，尤其是我有編新詩年鑑的野心，因此最重要、最繁雜的初步作業——作品蒐輯，就全都委託我的學生陳慧玲和杜文英，尤其是慧玲，付出更多，整整一年的時間，她們將報紙副刊、文學雜誌和詩刊上所發表的詩通通剪貼，依媒體排列，讓我方便閱讀、挑選。

我自己經過幾次過濾，從各媒體中選出一〇七位詩人的一三〇首詩。交付編輯會議討論，在經過長達五小時的論辯中，刪去三十人，增加三人，最後再調整時，我又增加五人，徵得編委的同意，終於敲定八十五位詩人的九十六首詩，最後所選作品，和初選不一樣者，或編委的建議，或授權我決定。

接著便是編者按語的寫作，原先預計大約十個工作天可以完成，卻沒想到拖了一個多月，最重要的是我原先希望獨立完成，而且避免印象式籠統的按語。我要求自己像以前在寫《詩的詮釋》時一樣的用心，一定要在三〇〇至六〇〇字之間切入作品本身，說出一個所以然來，有時一天可以解析四、五首，有時一首，甚至一無所獲。久無細讀詩作，我愛詩的情懷一下子便又鮮蹦活跳起來了。

思想深度與情感厚度

做爲一個「年度詩選」的主編者，他所要做的工作是盡他最大的可能去閱讀一年內發表在各種報章雜誌的作品，這是相當吃力的一件事。我第一次閱讀時，所有作品依媒體而集中，我似乎看出了不同媒體上自有不同的編輯取向；第二次閱讀時，作品依個人而集中，我似乎看到了個別作家的不同風貌。然而，我一直記得，這只是年度的作品而已，相對於整個大的歷史，一年何其短暫，可是歷史學上所謂「大歷史」的觀念又告訴我，一年雖短，但整體的表現是過去性的多因匯聚，也是造成將來性的因素之一，所以絕對值得把它放長放大，去從事大規模的分析探討，可惜願意去做的人幾乎沒有。

經過統計，有大約一千位寫詩的人寫了四千多首他們自己認爲滿意的作品，有的作品發表在百萬發行量的報紙副刊上，有的作品發表在只印幾百本的同仁詩刊上，對我來說，它們同樣重要，都應該受到尊重。不過，在閱讀過程中，我發現散佈在各種媒體上的詩，特殊題材被寫得庸俗不堪者有之，強烈而且正確的主題意識被吶喊出來者有之，有關愛之心而不知如何關愛者有之，喃喃自語不知所云者有之，造成現代詩被誤解、被排斥的因素仍然普遍存在著，然而或者明朗或者含蓄而耐人尋味的亦復不少。易言之，和每個年度都一樣，詩人寫詩，希望發表，引起回響，媒體也需要此類文學體式，於是乎，在常態上，詩之發表量每年差不多，有長有短，有好有壞，「眾體悉備，亦諸法畢該」（康熙〈御製全唐詩序〉）。

至於選詩，幾乎任何一個編選者，都信誓旦旦地表示他的態度客觀，方法得當，而事實上，任何一本選集都很難令人滿意。

我深深地了解，主選者不可能用一個固定模式去套上作品，「順我者昌，逆我者亡」。可以這麼說，影響或支配我選詩的因素很多，比較重要的當然是作品本身的條件，首先它必須完整的表達一種深度思想或濃厚情感，所謂「完整的表達」包括形式結構的完整性以及語言的可傳達性，「思想或情感」指的當然是內容，要求的是深度和厚度。我可以接受語言的淺白，卻無法容忍淡而無味的作品；多義或者晦澀的作品我敢去面對，最不敢領教的是百思不解之作。

愛：一個普遍而恆久的主題

選入本集的所有作品，在「編者按語」中都表達了編者的看法。然而，在這裏似有必要做一個比較整合的論說。

詩之爲物，古往今來，不外是用以敍事詠物、抒情寫人、詠史懷古等，這當然就題材來說的。在寫法上，可隱（含蓄）可顯（白描）；在精神上，可以寫實，可以浪漫；主題則落在感性的美之觀照，或是知性的批評行爲上面。讀者應可以從本集中發現每一首詩的歸屬，此處不擬加以分類並舉例。

細讀這些作品，在不同的題材與互異的風貌之中，我們可以發現一個普遍而恆久的主題：「愛」。這原本就具有無盡魅力的主題，歷來都是系統思想的中心命題，在詩人的筆下，它往往不是故事性的呈現，而是一種最原始存在的意念，一種根本的態度。它有時具有審美的特質，有時卻又充滿著欲望，當我們說詩之創作，基本是把人、物、我三者之間的關係重新調整秩序，愛便是那個新秩序賴以形成的主導之力量了。

我想讀者會很輕易地在本集的大部分作品中發現愛的元素，不論是愛人或者愛物，甚至於是對於神或超自然的存在之愛。就以愛「人」來說，柯順隆〈自嘲二十四〉、孟樊〈自畫像之三〉的「自愛」；藍菱〈聽琴〉、羅葉〈裁縫〉的「母子之愛」；管管、劉淑珍、林宏田、陳義芝、月曲了詩中所呈現出來針對單一對象的友愛；黃國彬、張香華、洪淑苓、李魁賢、許悔之、朵思等人所呈現的兩性之愛；羊子喬、向陽、陳千武、白靈、羅門詩中對於人羣的大愛等。不管社會如何變遷，人事如何滄桑，詩壇如何新人換舊人，「愛」永遠是一個普遍的主題。

不過，最重要的還是詩人如何掌握愛的本質，寫出其曲折與精神。

從比較流行的立場來看，本集中的作品有不少是對於社會現實的反映和批判，譬如林梵的〈古董拍賣場〉、德亮的〈政客〉、楚放的〈一九八五年春天〉、羊子喬的〈西門町族〉、渡也的〈精神官能性抑鬱症〉、朱少甫的〈變迭〉等，毫無問題，這些作品皆緊扣現實，批判性都很強。

從另外一個角度來看，本集也選了鍾玲的〈西施〉、羅智成的〈李賀〉，這種詠史懷古之作，而且都有新的詮釋；有羊令野精心經營古典意象，有羅青把古典詩句加以實驗性的演繹，有周粲寫讀唐詩的感覺。也表示當代詩人仍喜愛從古典取材，從事新的創造。

「愛」是一個普遍而恆久的主題；對於現實的反映和批判，當然也是基於對現實的熱愛，這是現代中國詩的空間性格；對於古典賦予新義，是從傳統之愛出發的，這是現代中國詩的時間性格。我想，這樣的時空認知，應該是這一代中國新詩人主要的詩之信念。

新詩年鑑

前面說過，我有編「新詩年鑑」的野心，本書附錄便是具體的成果展現，雖然只是粗具規模，卻也投下了不少人力與時間。以下我簡單說明：

一部個別文類的年鑑，在此地應該是一件文化奢侈品。理想的做法是它應有一個綿密的大架構，把一個年度的詩之實況——包括創作、發表、出版、活動以及相關現象，做一個系統的整體呈現，工程非常浩大，理想殊難達成。我考慮各種主客觀條件，請我的好友鍾麗慧、陳信元，我的學生何聖芬、陳慧玲來執行這個計畫。麗慧一年來爲我所主編的《文訊》增刊所做的「文壇大事記」，原就採取編月編日的方式，於詩的部分時詳時略，這一次她積多年從事資料蒐集的實際經驗，大規模彙整，針對幾個特殊而且有意義的事件加以特寫，結合文學的心與新聞的筆，是很好的文獻；信元爲《文訊》月刊每期所做的文學出版，早獲得海內外關心臺灣文學發展的學者和作家的美譽，一位西德的漢學家告訴我說：「這正是我所需要的。」不只是他需要，所有喜愛文學的人都一樣。信元從他所介紹過的七十四年文學出版品中抽出詩的部分，補缺正舛，重新編目，重整系統，可以說巨細靡遺；詩刊由於發行量少，而且一般都不支稿費，頗受部分比較功利的詩人所輕忽，實則它做了許多大眾化的媒體所無法做的事，推動詩的發展不遺餘力，理應加以重視。慧玲將一年內所出版的詩刊提要介紹，頗能有助於了解新詩人力的分布狀態，配合麗慧所做的詩壇特寫，對於詩壇將有更全面的認識；最後便是聖芬所做的「新詩作品發表調查報告」，這一個動用不少人力、耗時四月所完成的調查，可能是前所未有的學術工程，聖芬心細如髮、耐力驚人，統籌指揮，頗有大將之風，這是她繼〈新書月刊休刊調查報告〉之後的大手筆，報告不一定非常成功，但是她創造了一個文學研究的規模，值得注意。

結論

對我個人來說，這部詩選是我對詩的看法、詩評與編輯經驗匯合的結果，缺失在所難免。不過，我相信它約略可以展現七十四年的詩之面貌，並且能够提供許多值得思考的詩之問題。

期待您的批評。

（七十四、四、十二《自立晚報》副刊）

開創散文的新天地

1

依我看，散文的世界浩如煙海，難以圈定它的範疇，就其構成而言，題材無所不在乃是不爭的事實，大至宇宙乾坤，小至日常生活細瑣之事，皆可取來寫入文中；就其主題命意而言，舉凡感性的美之觀照，知性的批評行爲，皆可表現作者的所聞所見所思所感。

這是一個足可令文學理論家傷腦筋的文類，以致於在文學批評備受重視的今日，我們的散文研究卻仍是一片未開發的荒蕪園地，雖然也曾見過如「散文的藝術」、「散文點線面」、「散文研究」以及討論散文的零星篇章，但是眞正成體系的論述之作猶不可見。

雖然如此，但這並不表示我們的散文不發達或是不被喜愛、不被重視；相反的，臺灣散文經過三十年來作家們的努力，成績已是燦然可觀，最明顯的標幟是各類選集和個人的別集紛紛出現於書市，看作家們各競才華，各顯筆力，頗有百家爭鳴的局面。

六〇年代的初期，詩人兼散文家余光中宣稱要「剪掉散文的辮子」，他無非是希望我們的現代散文能除盡稚氣，走向成熟。幾乎是同時，他在《左手的繆思》的後記中對當時的散文表示他的看法：

㈠實用性的不談，創作性的散文是否已經進入現代人的心靈生活？

㈡我們有沒有現代散文？

㈢我們的散文有沒有足夠的彈性和密度？我們的散文家們有沒有提煉出至精至純的句法和與眾不同的字彙？

㈣最重要的，我們的散文家們有沒有自〈背影〉、〈荷塘月色〉的小天地裏破繭而出，且展現更新更高的風格？

㈤流行在文壇上的散文，不是擠眉弄眼，向繆思調情，便是嚼舌磨牙，一味貧嘴，不到一CC的思想竟兌上十加侖的文字。出色的散文家不是沒有，只是他們的聲音稀罕得像天鵝之歌。

不過，到了八〇年代的初期，他在談張曉風的散文時，將三十年來臺灣的散文作家略分爲四代，對於第三代（中年一代，指王鼎鈞、張拓蕪、子敏、楊牧、管管等人），他認爲不論在運用語言的方式，或是在題材上，這些作家的散文皆已「突破」前輩的創作規範了。

從六〇年代到八〇年代，經過了整整二十個年頭，余光中對當代臺灣散文的評論不一樣了，除非他說假話或者觀察錯誤，否則這不正表示臺灣散文的辮子已經剪掉了嗎？從另一個詩人兼散文家楊牧的說詞中亦可看出一些端倪，他在一九八一年編《中國近代散文選》，在前言中，他將近七十年的散文歸納品類並溯源，姑不論他的歷史觀察是否正確無訛，但至少他指出了一項事實：近三十年來在臺灣脫穎而出的作者，有些人能夠兼容並包，博採眾體，更有一些已超越了他們的先驅。這眞的足令我們對於近代散文常青不萎的藝術風姿更具信心。

余、楊二人皆是傑出的散文作家，同時他們都有嚴格的學術訓練，他們的觀察與判斷，應可提供給我們一些探索臺灣散文流變的線索。

3

三十年來的臺灣散文，在發展的過程中確曾有過一些病態現象，最嚴重的便是「散文唯抒情是宗」，而且所抒之情儿較多的小兒女的私情，以一種近乎夢囈或無病呻吟的語句去陳述或呈現，使得散文這個文學體式顯得體弱多病。

事實上，散文不只是可以用來「表情」，亦且可以「寫意」、「論理」，抽象之情可抒，具體的事物亦可敍可詠，夾敍夾議，或情理兼而有之，也可能成為一篇極佳的散文名篇。單以純抒情來說，情之所由生雖然是心，但對象可大可小，大則可寫宇宙、人類、國家、社會之情，小則可表對細微之物的情，或者是織染一己的愛情經驗。天地如此廣濶，我們的散文家豈能畫地以自限？

此其間，曾有過幾次或大或小的文學論戰，卻都沒有波及散文領域，但是，散文的寫作亦無可避免的受到巨大的影響，於是我們發現，上述的現象在整個潮流的衝激下逐漸地減少，更多針砭時弊，悲憫苦難生靈、擁抱大地的作品頻頻出現。

這是一個極其可喜的現象，再加上被稱為「雜文」的說理性、諷刺性的雜感散文大行其道，被稱為「報導文學」的敍述性、眞實性的散文為世所重，於是散文的領域擴大了，功能加強了，為現代的中國文學注入了更豐沛的生命。

另外一個令人欣慰的現象是，包括王璇、羅青、高大鵬、林淸玄、林文義、洪素麗、阿盛、渡也、張大春等新一代散文作家的出現於文壇，他們皆已培養出一種獨立思考與自由創作的精神，作品風格各異，經營各類題材，皆能準確給出題旨，引發讀者的深思。不但如此，他們都能任意驅使文字，行文自然生動。他們將繼續成長、不斷躍進，我想，現代散文將由他們開創出一個新的天地。

（七十一、七《益世雜誌》二二期）

一九八〇年散文概況

文類思考

曾被顏元叔教授稱爲「次要類型」的「議論文與小品文或描寫文等散文」，在自由中國，它一直處於尷尬的處境，一方面它廣泛的被用來做爲表情達意的文學體式，而且普遍受到讀者的接受；另一方面，它不像詩和小說一樣被文學批評家所關愛，以致令人誤解它在現代文學中沒有和他種文類具有相等的地位。偶然有人加以討論了，卻又是「散文不散」，「雜文不雜」一類大而化之的言論。

更嚴重的問題是：部份的人想把所謂的「雜文」趕離「散文」的領域，部份的人卻把所謂的「散文」納入了「雜文」的範疇，歸根究柢乃是基於文類觀念的混淆，本文雖非一篇關於文類研究的專題討論，但在回顧一九八〇年的散文狀況之前，不得不先對這個文類做一番思考。

「散文」一名的出現，首見於宋人羅大經的《鶴林玉露》，那是與「四六」文相對的文學作品的稱名，「立意措詞，貴渾融有味」。後來清朝談駢文的人每喜歡以「散文」和「駢文」相對，像「六朝文無非駢體，但縱橫開闔，一與散文同」（孔廣森語）、「散文可踏空，駢文必徵實」（袁枚語）。緣此可知，「散文」之爲「散」，是就其語句的打破駢偶形式而言。在詩、文相對的古代，散文和駢文是「文」的兩種大的類型。

新文學運動以後，和詩、小說、戲劇同時並列的那種文學類型，沿用了「散文」之名，卻教人不知其文何以爲「散」？郁達夫說：「當現代而說散文，我們還是把它當作外國字Prose的譯語，用以與韻文Verse對立的，較爲簡單，較爲適當。」簡單倒是眞的，適當卻未必，因爲新文學中有韻之文（詩）已不可多見，連詩都已幾乎無韻，何來韻文？那麼散文不是一切文學作品的總名了嗎？

一個很明顯的事實是，「散文」的名與實之間很難完整契合無間，以致於產生了許多誤解，其中最嚴重的是許多人唯抒情是宗，以爲非抒情性的文章就非散文。當我們針對此種文類去做歷史思考，我們就會發現，在整個中國文學的大傳統中，以文章敍事和說理，在時間和數量上都遠超過抒情的。所以，如果我們要把詩、小說、戲劇之外的文學作品名之爲「散文」，那麼它必須包含敍事、說理與抒情。

就因爲它的範疇非常之大，可取來做爲題材的對象非常雜多，因此而逐漸產生了「雜文」這個名稱。一般說來，今天的所謂「雜文」，大部份都是思考性的說理文章，而「雜文作家」就是其人所談論的題旨具有多樣性，是指內容或題材而言，但是我們所說的文類（文學類型）是就作品的形式而言。所以，「雜文」基本上不應該是一種文類的名稱，因爲我們可以說這是一篇「散文」（如果我們同意這一個命名的話），但卻沒有理由說這是一篇「雜文」。

然而「雜文」之名亦不必也不可廢，就如同齊梁時代的劉勰在其不朽的文論著作《文心雕龍》中所說的：「詳夫漢來雜文，名號多品；……總括其名，並歸雜文之區；甄別其義，各入討論之域。」（〈雜文第十四〉）文而謂之雜者，爲什麼呢？著《文章辨體》的明人吳訥說：「或評議古今，或詳論政教，隨所著立名，而無一定之體也。」他們的看法頗值得我們參考，「雜文」之雜是因爲它「名號多品」，「無一定之體」，換句話說是把一些「隨事命名，不落體格」（徐師曾《文體明辨》）的文章總的稱爲「雜文」，事實上作家們寫的正是今天所謂「散文」這種文類。

所以我要說，就文類的名稱而言，「散文」比起「雜文」應較爲合理，但我們應避免「散文」唯情是宗的論調，讓富思辨性而非學術論文架構的文章都一起進入「散文」的領域。

現象觀察

由於散文在基本上具備了直接而有力的傳達效果，報紙副刊和出版者的需求量當然很大，所以在八〇年初起的一年，臺灣文壇的散文產量仍然維持一個非常可觀的數目，幾個大報的副刊經常以廣大的篇幅和醒目的標題登載名家的散文作品，如《中國時報》、《聯合報》和《中華日報》等皆是如此。幾家出版社也都以散文集爲其主要出版路線之一，像爾雅、九歌、皇冠等，從一部分的書銷路不惡，再版連連的情況看來，散文並不寂寞，尤其是柏楊、夏元瑜、趙寧、思果等人的集子，幾乎可以列爲暢銷書，比起小說是毫不遜色。

雜誌方面，以《中外文學》、《現代文學》、《臺灣文藝》三個純粹是文學性的刊物來說，在篇數上卻遠不如詩和小說，在質上較傾向抒情，強調形式美。

就作家行文的指涉內容而言，有反映或批判各種社會現象的（尤其是不良或病態的），有眾生相在空間的活動狀態的（尤其是人的），當然也有個人內心世界的探索的，就語言或者語言所形成的風格而言，有的是平舖直敍，有的卻委婉曲折；有的詼諧幽默，有的卻尖酸刻薄。多樣多貌，形形色色，頗有眾華競放的狀濶氣象。

就「散文」這個文類的思考而言，五四當天的人間副刊，有一個命名爲「當代散文五家談」的專題，吳魯芹、楊牧、何欣、司馬中原、齊邦媛諸先生分別就「散文」的範疇、怎麼的一種文字組織才是成功的「散文」等問題提供他們的認知，算是一次較具規模的散文理論的演出。

由於散文的多樣性，在各種以文字表意的傳播媒體中皆有它的存在，所以我們的現象觀察很難面面顧及，以下就單獨針對它在一年中活動的兩種形態：出版和散文獎分別掃瞄。

1. 散文集的出版

出版方面，就筆者所蒐集的資料，六十九年中所出版的散文集（含合集和別集），總數在一百五十本以上，以下分兩方面來說：

一、合集：過去的散文合集都是以人爲主，像《中國現代文學大系散文輯》、《中國當代散文大展》、《中國當代十大散文選集》等，而近幾年來流行一種以主題或描述對象爲主的選集，就本年來說，除了《中副散文選》（中央日報）、《中國散文大展》（金陵）之外，幾似是從一個觀點去選文彙編成書的，其中又可分成兩類：（甲）報章雜誌的專題散文的結集出版，譬如《我的初戀》（臺灣時報）、《天下父母親》第一集（中華日報）、《生命的衝刺》、《一脈相傳》（以上號角）、《青澀歲月》（爾雅，以上三書皆《愛書人》雜誌專題散文）。（乙）從一個主題出發，蒐集許多家性質相近的散文彙編成書，譬如《親親》、《蜜蜜》（以上爾雅）、《母親的愛》（道聲）、《花的聯想》（采風）等。以它們銷售的情況看來，這類的散文選集非常的受到社會的喜愛。

二、別集：散文作家將他發表過的作品結集成書，在文學性的出版品中佔了很大的比率，這顯示散文作品仍然擁有眾多讀者。本年中，著名的作家有散文集問世的非常之多，除了再版和舊書重排新印（如柏楊選集和隨筆、卜少夫的《無梯樓雜筆》、《大地足下》，以及林海音的《冬青樹》、夏菁的《洛磯山下》）之外，仍有非常可觀的數量。

以下大略分成三類，各舉一些代表作品：

（甲）方塊專欄等說理性的雜感散文

《馬後砲》（夏元瑜，九歌）

《百代封侯》（同上）

《早起的蟲兒》（柏楊，星光）

《皇后之死》（同上）

《澎湃叱咤集》（彭品光，中華日報）

《作家的良心》（彭歌，聯經）

《謙讓第一》（桓來，中央日報）
《求新集》（漢客，同上）
《愛心與慧眼》（聞見思，同上）
《流浪漢的哲學》（趙滋蕃，水芙蓉）
《香港之秋》（思果，大地）
《性情與文化》（曾昭旭，時報）
《鼓刷集》（丹扉，九歌）

（乙）敍事或抒情性的記遊散文

《格蘭道爾的早餐》（郭良蕙，爾雅）
《英倫隨筆》（呂大明，同上）
《霧裏看倫敦》（楊孔鑫，純文學）
《旅美生活談片》（依文，水牛）
《牛津散記》（鄭麗園，臺灣新生報）
《南洋風情畫》（程榕寧，九歌）
《非州獵奇》（吳炫三，時報）

《卡里島的太陽》（陳奇茂，學人）

（丙）一般的抒情性散文

《留予他年說夢痕》（琦君，洪範）
《不碎的雕像》（胡品清，九歌）
《狂花滿樹》（楊念慈，同上）
《化蝶飛去》（雪韻，同上）
《歲月就像一個球》（劉靜娟，爾雅）
《眼眸深處》（同上，大地）
《闌干拍遍》（喻麗清，爾雅）
《采菊東籬下》（趙淑敏，道聲）
《燭光裏的古代》（蕭白，采風）
《春華秋葉》（大荒，同上）
《雪泥與河燈》（張默，中華日報）
《有女懷鄉》（韓韓，時報）
《烟塵之外》（杜萱，黎明）

《永遠的蝴蝶》（渡也，聯經）

《陽關千唱》（陳煌，東大）

這樣的區分當然猶有商榷的餘地，譬如《香港之秋》中有幾篇敘事、抒情兼而有之；《英倫隨筆》中有幾篇是說理的。不過就其主要的內容而言，就歸類的需要而言，所作的類分應是無可厚非的。

2. 文學獎

在許多文藝獎中幾乎都設有散文一項，民國六十九年國家文藝獎的散文獎頒給張曉風，得獎作品是《步下紅毯之後》，中山文藝獎的散文獎頒給年輕的杜萱，得獎作品是《烟塵之外》；中國文藝協會的散文頒給吳敏顯，得獎作品是《江河》；中興文藝獎的散文獎頒給了王聿均。

這些獎的得獎名單雖然也都出現在各種傳播媒體的報導中，但似乎都沒有像時報文學獎一樣引起文學界的普遍注意。

時報文學獎從第三屆開始設有散文一類，由於它自己本身握有一個強有力的宣傳媒體，評審實況記錄、得獎作品、評審意見和得獎者的個人資料皆在人間副刊以醒目的篇幅加以刊佈，自然成爲社會大眾矚目的焦點。

首屆的時報散文獎於六十九年二月公佈，得獎者及其作品分別是：

首獎：高大鵬〈大雄寶殿下的沉思〉。

推薦獎：張曉風〈許士林的獨白〉。

紀念獎：言曦〈世緣瑣記〉。

優等獎：施國治〈村人遇難記〉、林文義〈千手觀音〉等十篇。

〈大雄寶殿下的沉思〉一文，議論「宗教與近代思想之關係」，「文字亦莊亦諧」（決審委員之一何欣的意見），這樣的文章榮獲首獎，意味著思考性的散文已被提昇至較高層次的地位，就此點而論，新的散文走向已和中國散文的大傳統合流了。

重要散文作家

前面大體對一九八〇年的散文作了一個全面觀察，無疑的這是豐收的一年，成果是令人滿意的。在這裏，我想從眾多的作家中選出較重要而且具有代表性的十三位作家，略述他們在一年中的散文概況，用以表彰他們在散文方面的努力不懈以及卓越的表現。

・夏元瑜：三月出版《馬後砲》，十月出版《百代封侯》，而且不斷有作品發表，上下古今無所不談，亦莊亦諧，自成風格，在雜文作家中非常突出。

・唐魯孫：十一月同時出版兩本集子：《老古董》、《酸甜苦辣鹹》，前書內容皆逸聞掌故之類，後書則專談吃吃喝喝，文字質樸，讀來卻有味。

・琦君：十月出版《留予他年說夢痕》，這是她的第十一本散文集，仍然維持她一貫的作品風貌，「寓嚴密深廣的思想情感於平淡明朗的文體之中」（楊牧語）。

・思果：八月出版《香港之秋》，敘述說理兼而有之，所談亦雜，所聞所見所思所感皆入文中，文字淡而有味，讀來如嚼橄欖。

・柏楊：被列為「風雲十年」的「文化十人」之一，在《中國時報》人間副刊寫「柏楊專欄」，在《臺灣時報》副刊寫「湖濱讀史札記」，一枝筆探討人生百態，一枝筆檢查歷史現象，文筆犀利，論理清晰，縱橫古今，有如萬馬奔馳。更可貴的是，他那關心人間世的情懷，洋溢在每一個篇章之中。本年中，他除重排新印「柏楊選集」五至十輯、「柏楊隨筆」一至二輯（《眼如銅鈴集》、《亂作春夢集》），並且新出版「柏楊專欄」第四集《早起的蟲兒》、《皇后之死》、《湖濱讀史札記》一、二集，質與量皆非常可觀。

・張拓蕪：出版了《代馬輸卒手記》、《續記》、《餘記》、《補記》之後，他不斷地發表《外記》，這個殘而不廢的作家，以他拙樸的語言，刻劃出真實的生命，寫下了他所經歷的時代的種種血和淚。

・顏元叔：元月出版《時神漠漠》、《平庸的夢》兩本散文集，同時報紙上經常可以看到他的「陋巷雜談」，談〈為什麼笑？〉、〈誰是老百姓？〉、〈天道之春〉、〈英文考作文〉等等，談的範圍非常廣，說理有力而直接，諷諭之旨顯而易見。

・葉維廉：元月出版散文集《萬里風烟》，一大半是遊記，所記有島內的，也有海外的，寫景之外常對其地做縱的歷史探索，觀物思維極其深刻。這一年中在時報的「文學之旅」專欄中所寫的皆是此類作品。

・張曉風：這一年中，張曉風沒有散文集問世，但作品發表的不少。同時，她編了《親親》、《蜜蜜》散文選集，大受歡迎。另外，六十八年七月出版的《步下紅毯之後》獲國家文藝獎，其中的一篇〈許士林的獨白〉獲時報文學獎，對她個人來說，也算是個豐收季。

・趙寧：二月出版《趕路者》（自說自畫集之二），文章風格一如以前的《趙寧留美記》、《起風的時候》，幽默風趣，詼諧之中蘊藏深刻的人生道理，表面上看來，下筆不按章法，慢吞細嚼，卻又發現自有其文理脈絡，六十九年中在時報寫的「趙寧專欄」全是如此。

・三毛：已出五本膾炙人口的集子，在這一年中她沒有新書，但每出一篇，皆受人喜愛。二月裏她回國來，聯副和耕莘青年寫作班合辦一次三毛的演講，講題是「我的寫作生活」，會場擠得水洩不通，會後在聯副上反響此起彼落。她的作品，幾乎全是在敍事和對話中表現感情，寫她和丈夫荷西在撒哈拉沙漠中的諸多情況。

・高大鵬：在這一年中寫了人約四十篇思考性很強的議論散文，包括臺灣時報副刊的「高大鵬專欄」、工商時報副刊的「花果山」專欄以及發表在中國時報人間副刊的五、六篇，他所關切的幾全是文化思想層面的問題，筆力遒勁，氣象磅礴，〈大雄寶殿下的沉思〉堪稱爲他的代表作。

・林文義：這一年中他發表了非常多的散文，有〈煉獄〉、〈寂滅的花房〉等近二十篇，大部份都出現在臺灣時報副刊，這些迥異於他以前風格的作品（曾出版過四本散文集），觸鬚已伸進廣大的現實之中，關心和他一起生活在這個大地上的眾生，獲獎的〈千手觀音〉頗能代表他近期的散文風格。

以上的次序，大體依年齡排列，是我認爲老、中、青三代中較具有代表性的散文作家，關於他們各自的散文藝術，因受限於篇幅，於此無法詳細分析。

（一九八〇中華民國文學年鑑）

從愛出發

——近十年來臺灣的報導文學

從七〇年代中期開始，「報導文學」這個文學術語開始出現在臺灣的文壇，很快的形成一股浪潮，大批的年輕作家或是學有專長的年輕學者紛紛加入，報章雜誌不斷地推出作品，並且開始檢討這個由於傳播媒體發達以後新興的文學類型，眾說紛紜，觀點互異❶，充分顯示報導文學已普遍受到文學界和新聞界的重視。

---

❶一九八〇年十月二十六日，高雄的臺灣新聞報與青溪文藝協會等單位共同舉辦一場「文藝主流座談會—報導文學何去何從?」與會作家有尹雪曼、趙滋蕃、胡有瑞、胡秀等人皆分別發表意見，座談記錄於十一月刊載於該報副刊；一九八二年十月二十二日，行政院文化建設委員會與大華晚報合辦「報導文學的現況與未來」，出席並發表意見者包括馬星野、高信疆、孫如陵等多位專家，所有發言記錄載於該會出版的《文藝座談實錄》。這是兩次較大規模的報導文學討論，其他零散的討論文章，大部分收入陳銘磻主編的《現實的探索》（一九八〇，臺北，東大）。

高信疆的出現

關心臺灣文學發展的人都知道，在六〇年代初期，一本由鄧克保屬名的《異域》一書，曾引起極大的震撼，影響歷久不衰❷，該書的作者「以生花之筆，寫下他和他的妻子兒女以及伙伴們輾轉入緬，和歷次戰役的經過」❸，毫無問題，那是一本報導文學的佳作。

雖然《異域》流傳甚廣、甚久，可惜的是文學評論家卻未曾對它加以討論，一般讀者在感動之餘也未曾更進一步思考它的文類歸屬。不過，《異域》的出現，充分顯示出成功的報導文學作品必然具有強大的社會功能。

《異域》之後，報導文學式微十幾年，終於在一九七五年異軍突起，成爲文學的寵兒。依我看，這可視爲一次文學運動，主導力量來自當時掌編《中國時報》人間副刊的高信疆。

這位被視爲「紙上風雲第一人」❹的副刊主編，是一個相當傑出的編輯人，既能熱情擁

---

❷ 該書出版後至一九七七年已銷售六十萬册；這一年，全國大專院校聯合招生國文科作文題目爲「一本書的啟示」，根據統計，在所有書中，寫《異域》的考生最多；此書出版以後，繼承《異域》爲名的有《異域下集》、《異域鋒火》、《從異域到臺灣》等。凡此皆可證明此書的影響至深至遠。

❸ 見葉明勳《異域》序。

❹ 詹宏志所撰訪問高信疆的文章標題，見《飛揚的一代》（周寧主編，臺北，九歌）。

抱吾土吾民，又能冷靜分析社會現象，他熟知世界各國的文學潮流，發現報導文學的意義與效用，認爲那正是臺灣社會所需要的一種文學形式，他一呼百應，許多熱血澎湃的年輕作家投入了報導文學的工作行列。

高信疆在他所主編的副刊所策畫推出的第一個報導文學專欄命名爲「現實的邊緣」，分爲域外、離島、本土三篇，域外篇報導海外華人的生活條件及環境，離島篇報導臺灣四周各大島嶼的人文、景物，本土篇報導的是臺灣這塊土地上不爲人所熟知的一些人與事、歷史與地理。基本上後來的報導文學作品也都不脫這三大範圍。

除外，在高信疆的策畫下，《中國時報》文學獎於一九七八年設立報導文學類，計畫每年舉辦，參選作品前三屆分別是一八〇、二九一、二九九件，評審記錄、得獎作品、評審意見都以大篇幅刊布在人間副刊，把報導文學推向了高峯。

七〇年代臺灣報導文學興盛的原因

綜觀近十年來臺灣的報導文學之發展，高信疆確實具有舉足輕重的地位，他學的是新聞，卻熱愛文學，而報導文學正是新聞與文學的結合，所謂「以文學的筆、新聞的眼，來從事人生探訪與現實報導」❺，高信疆就是基於「報導文學也是一種邁向民主社會的文學實踐」❻的這種信念，運用他所掌握的傳播媒體去積極推動報導文學。

其實，在「現實的邊緣」推出之前，報導文學作品便常出現在各種報章雜誌上，《綜合月刊》未停刊之前曾擔任該刊編輯，同時也是報導文學工作者的翁台生曾說過：「《綜合月刊》十一年來在這方面（指報導文學）的努力是有代價的，早在目前受重視的『報導文學』流行以前，《綜合》就在這方面做了許多鋪路的工作。」❼文學評論家政大教授尉天驄在接受記者訪問時說：「其實報導文學的作品在大陸抗戰時就非常多，至於在臺灣，《時報》也不是首發其端的，在它以前，就已經有了這類的作品，不過那時稱『報告文學』而不是『報導文學』。」❽甚至高信疆爲了把報導文學納入整個中國文學的大傳統中，也曾溯源至漢代司馬遷的《史記》，甚至於代表周代文學的《詩》三百❾。

於是，我們就可以這麼說了，現今在臺灣所流行的報導文學自有其源遠流長的傳統，進

---

❺ 見高信疆〈永恆與博大─報導文學的歷史探索〉，收入《現實的探索》。
❻ 高信疆語，見林進坤〈報導文學的昨日、今日、明日〉，收入《現實的探索》。
❼ 翁台生《瘋瘋病院的世界》後記（一九八〇，臺北，皇冠）。
❽ 見游淑靜〈不能只是江湖過客─尉天驄談報導文學的再深入〉，收入《現實的探索》。
❾ 同註❺。

入民國以後，從大陸到臺灣，它都一直存在著，而近十年來，經由《中國時報》人間副刊的刺激、鼓勵與推動，再加上其他傳播媒體如《聯合報》、《臺灣時報》、《自立晚報》、《綜合月刊》以及《皇冠雜誌》等響應，報導文學乃形成一股風潮，成爲現今相當重要的一種文學形態。

不過，我們仍然必須探討，爲什麼這樣的一種文學形式會在七〇年代中期以後的臺灣流行，而且廣受重視、討論？

基本上，七〇年代臺灣的文化界普遍存在著覺醒與理性的批判精神：在這個年代的初期以後，代表著昂揚奮發、憂民淑世的新生代知識分子紛紛走出學院，成爲文化界的尖兵，他們分別來自社會的各階層，大部分受過高等教育，熱情與理想匯聚而成一股道德勇氣，以一切可能的形式投射在他們所生存的空間。

首先是「龍族」、「主流」與「大地」三個詩社和他們所辦的詩刊相繼出現在詩壇上⑩，勇敢擎起反抗六〇年代西化詩潮的旗幟，他們所高標的詩的理想雖有不同，但企圖接上中國的詩傳統以及關切現實的基本信念，卻是有志一同的。

⑩ 向陽「七十年代現代詩風潮試論」（一九八四年六月三日「現代詩學研討會」宣讀論文，《文訊月刊》與《工商日報》合辦）。

幾乎就在這個時期的前後，關傑明、唐文標展開了對於現代詩的大批判，爆發了一場意義深遠的論戰；《文季》季刊展開對於現代小說的反省與批判⑪；《龍族》詩刊策畫出版了一期規模相當龐大的評論專號⑫。整體匯聚而成一股批判的大浪潮。報導文學興盛在七〇年代的中期以後，與這股相當具有持續性、震撼性的批判浪潮脫離不了關係，甚至於在稍後爆發的鄉土文學論戰，也對它具有推波助瀾的作用。

除此之外，我們還要考慮，究竟是一個什麼樣的背景提供了報導文學發展的有利條件？報導文學，從其形態來說是新聞與文學的結合，就其內涵來說，則是歷史與現實的結合，當我們要對報導文學做背景考察時，無論如何是必得從這些構成因子的角度出發。

首先我們要了解，報導文學乃是新聞文體發展的一種可能現象，根據傅東華等人所編的《文學百題》⑬中的解釋，所謂「新聞文體」乃是「以新聞現象做題材的記敍文」，然則報導文學發展至今，早已跳脫了這種規範，因爲它不必一定以「新聞現象」做題材，只要是我們生存空間既存的事實而具有報導價值的，皆可取爲對象；其次，它不一定是記敍文，可以

---

⑪《文季》的前身是《文學季刊》，只出版三期。《文季》對於現代小說的檢討計四篇，分別討論歐陽子、王文興、張愛玲和鍾理和。

⑫出版時書名「中國現代詩評論」（一九七三，臺北，林白）。

⑬一九七七年由臺北大漢出版社重排出版，易名《文學手册》，删去三十幾則。

夾敍、夾議、夾感。

我們知道，新聞文體是隨著新聞事業的發展而發展的，從六〇年代到七〇年代，由於客觀環境（經濟成長、教育普及）的刺激，臺灣的新聞事業獲得空前的成長，尤其是報紙副刊的銳意變革，提供了報導文學滋長的溫牀。

從歷史的觀點加以考察，從晚清以降，中國無休止的苦難，尤其是臺灣被日本人長達半個世紀的統治以及中國大陸的被赤化，使在臺灣光復前後出生的新一代知識青年，從近代史上體會出中國人的血淚與辛酸，目睹在外交上的種種挫敗以及由於發展經濟所造成的種種失調的現實景況，發現了太多必須去挖掘、報導的問題，這便是報導文學之所以被提倡而且蓬勃發展的主因。

臺灣本土現實的探索

「現實的邊緣」把報導文學作品分爲域外、離島、本土三篇，基本上是就區域所作的簡單歸類，毫無疑問，在其中必然以本土篇的成就較高，因爲離島和域外的報導必須投入更大的時間與精力。事實上也是如此，十年來臺灣的報導文學，大部分都集中在本土現實的探索，其中尤以文化資產與環境品質的保護、社會陰暗面的挖掘與探討兩方面做得最多。就前者來說，作家們面對日愈破壞的文化生態以及日愈惡化的生存環境表示了最大的關懷與焦慮。關於文化資源方面，民俗技藝與歷史建築（古蹟）是重點所在，民俗技藝可以邱坤良實際參與民間戲曲活動所做的報導——〈民間戲曲散記〉、〈野臺高歌〉爲代表；歷史建築（古蹟）可以馬以工的〈歷史建築〉、〈名園古厝〉（收在《尋找老臺灣》之中）以及李利國對於紅毛城的探尋爲代表⑭。

關於生態環境，這幾年一直是朝野所關切的重要問題，「中華民國自然生態保育協會」在這方面的努力是有目共睹的，尤其是透過《大自然》⑮這本銷行甚廣的雜誌，正積極推廣保育的觀念。報導文學在這方面也扮演相當重要的角色，舉凡紅樹林、鳥類的保護、國家公園以及森林、海岸的報導，都頻頻出現，馬以工和韓韓合著的《我們只有一個地球》、心岱的《大地反撲》、劉克襄的《旅次札記》、《旅鳥的驛站》可做爲代表⑯。

---

⑭《民間戲曲散記》（臺北，時報）；《野臺高歌》（臺北，皇冠，一九八〇）；《尋找老臺灣》（臺北，時報，一九七九）；李利國對於紅毛城的探索，見《紅毛城遺事》（臺北，長河，一九七七）。

⑮《大自然》，季刊，爲「中華民國自然生態保育協會」的機關刊物，總編輯韓韓，已出版三期。

⑯《我們只有一個地球》（臺北，九歌，一九八三）；《大地反撲》（臺北，時報，一九八三）；《旅次札記》（臺北，時報，一九八二）《旅鳥的驛站》（臺北，中華民國自然生態保育協會，一九八四）。

就後者來說，社會的陰暗面之挖掘最爲一些自以爲衛道之士所非議，然而挖掘陰暗面也無非是希望陽光能直接去照耀，人世的苦難經驗之報導，不只是可做爲殷鑑，它激起的同情或亦可收亡羊補牢之效。

在這方面，諸如臺灣原住民——山胞生活以及困境、各種災變、醫院賣血人和血牛，以及許多爲生活而出賣靈魂與肉體的各種現象等，都在作家鍥而不捨的追蹤調查下完全暴露出來，有許多問題再三的被報導，譬如山胞的生存困境，我們就可以看到古蒙仁的〈黑色的部落〉⑰、林清玄的〈我們山地人〉⑱、陳銘磻的〈最後的一把番刀〉⑲、翁台生的〈大臺北的小部落〉⑳等，逼使我們不得不去正視這個問題。

除了臺灣本土現實的探索，這幾年最被作家們關心的應該是泰北的難民了，柏楊、張曉風、李利國都曾親往該地，柏楊的《金三角・邊區・荒城》在中國時報人間副刊連載，李利國的《我在人類文明的生死分水線上》在時報雜誌連載，都能震撼人心，加上其他傳播媒體的報導，形成一股送炭到泰北的風潮，民間甚至成立了「中華民國支援泰北難胞基金會」，

⑰ 收入《黑色的部落》（臺北，時報，一九七八）。
⑱ 收入《長在手上的刀》（臺北，時報，一九七九）。
⑲ 收入《賣血人》（臺北，遠流，一九七九）。
⑳ 收入《痲瘋病院的世界》，（臺北，皇冠，一九八〇）。

從文學的實踐到行動的實踐，報導文學功不可沒。

報導文學界的新生代

報導文學的寫作是「非虛構的」，著重眞實，需要四處採訪、調查、拍攝，所以寫作者必須走出書房、走出工作室，上山下海，深入窮鄉僻壤或者事件發生的所在地。因此，體力充沛，有理想、熱情的知識青年比較適合這樣的工作。

近十年來，活躍在報導文學界的大部分都是這樣的青年，他們中有記者、編輯、作家和學者，各有所長，爲文也各有特色，以下選出九位特別加以介紹，並於此向他們致敬。

一、林清玄

現階段臺灣的報導文學界，以創作量來說，林清玄應該排名第一，從一九七九年至今，他已出版七本報導文學集，包括《長在手上的刀》（一九七九）、《傳燈》（一九七九）、《難遣人間未了情》（一九八〇）、《鄉事》（一九八〇）、《在刀口上》（一九八二）、《永生的鳳凰》（一九八二）、《宇宙的遊子》（一九八四），無論是寫事或寫人，他都能鞭辟入裏，直探問題的核心。

對於報導文學，林清玄具有高度的熱情，同時有著堅強的信念，他曾以「走在竹林中挖竹筍」爲譬，以說明「做報導文學的工作，就是想找出一般人不容易見到，卻眞正有價值有意義的事物呈現出來，促使大家的注意與關心，使這些事物不至於湮沒無聞」㉑，關乎此，他有許多眞知灼見，譬如他說「關心人和土地是報導文學一個很重要的特質」、「報導文學工作者只是一個社會的觀察者，不是社會的改革者」㉒，從實踐中得來的經驗，彌足珍貴。

二、古蒙仁

古蒙仁原是一個出色的小說作家，出版有短篇小說集《狩獵圖》（一九七五）、中篇小說集《雨季中的鳳凰花》（一九八〇）；一九七五年，參與《中國時報》「人間」副刊策畫的「現實的邊緣」採訪報導，發表〈一個沒有鼾聲的鼻子〉（鼻頭角滄桑），從此走上報導文學之路。

一九七八年，他進《時報周刊》任外勤採訪編輯，報導文學作品大量出產，七五年所撰、七七年發表的〈黑色的部落〉（秀巒山村透視），在時報第一屆報導文學獎的評審中脫穎而出，榮獲推薦獎。截至目前爲止，他的報導文學集有《黑色的部落》（一九七八）、《失去的地平線》（一九八〇）、《蓬萊之旅》、《天竺之旅》（以上一九八二）、《臺灣社會

㉑《長在手上的刀》自序，收入《現實的探索》。

㉒《永生的鳳凰》自序（臺北，九歌，一九八二）。

檔案》、《臺灣城鄉小調》（以上一九八三）等。

由於把熱情與理想灌注在工作裏，古蒙仁成爲一個極其成功的專業報導文學家，不論是量或質，都相當可觀，我們見他走遍全省各角落，採集資料，觀察思考，客觀分析，而後出之以流暢可讀的文字，那筆尖所觸，眞實的流露出青年知識分子的良心與情感。

三、翁台生

新聞科班出身的翁台生，曾擔任過雜誌編輯與報社記者，他認爲「報導文學應採用新聞手法表現，而賦予文學的象徵意義，以達到啟發讀者、判斷人生的目標」㉓，在臺灣的報導文學風起雲湧之前，已出版了《西門町的故事》。一九七〇年代，是他在報導文學上積極參與的時代，在《綜合月刊》發表了許多備受重視與好評的作品，〈痲瘋病的故事〉（一九七六）、〈大臺北的小部落〉（一九七七）、〈天母獨角獸〉（一九七八）等都是，其中前者可以說是臺灣第一篇深入痲瘋病院的採訪報導，影響至深，兩年後再加以擴充改寫，參加時報首屆報導文學獎，經評定爲優等獎。

一九八〇年，《痲瘋病院的世界》列入皇冠出版社「社會參與專輯」出版㉔。

㉓ 見〈報導文學的基礎與體認〉，收入《現實的探索》。

㉔ 該專輯包括邱坤良《野臺高歌》、陳怡眞《鶯歌的脈搏》、陳小凌《抽象世界的獨裁者》以及翁台生此書。

四、陳銘磻

曾以〈最後的一把番刀〉獲得《中國時報》第一屆報導文學獎的陳銘磻，畢業於臺北的世界新聞專科學校，從事雜誌編輯的工作，投入報導文學的寫作行列始於一九七八年，第一篇作品〈賣血人〉在《中國時報》「人間」副刊發表以後曾引起相當程度的震撼。稍早（一九七七），他就曾以小說體式報導過山地青年的眞實故事。

直到目前爲止，陳銘磻出版過兩本報導文學集：《賣血人》、《現場目擊》，代表作有〈賣血人〉、〈最後一把番刀〉（高山族的昨日、今日、明日）、〈鷹架上的夕陽〉（一羣建築工人的生活與心態實錄）、〈最後的粧粉〉（從洗屍工人談起）等，大體都屬社會現象的報導，「用知性與感性挖掘事實的眞相，然後，分析與感悟整個問題的要點」㉕。

除了實際從事報導之外，他曾在他所主編的《愛書人》旬刊上策畫了與報導文學有關的系列討論，對報導文學理論的建立貢獻頗大，其後又編成《現實的探索》（報導文學討論集）。最近且連續三年負責《中華民國文藝年鑑》㉖文學概況中「報導文學」的撰稿。

五、李利國

㉕ 見《賣血人》自序：〈痛苦中的震撼〉。

㉖ 「中華民國文藝年鑑」，柏楊主編，時報出版公司印行，已出版一九八〇年。

李利國曾以〈我在淡水河兩岸做歷史的狩獵〉獲得首屆時報文學獎佳作，在此之前，在他編著的《紅毛城遺事》（一九七七）與《從異域到臺灣》（一九七七）中已有採訪報導的作品；在此之後，《我在人類文明的生死分線上》（一九八〇）、《青青山頭上的血痕》（一九八三）兩本報導文學集，才眞正顯現李利國的報導功力，前書是採訪泰棉邊境三個難民營的實錄，共有九篇，篇篇血淚，後書是散篇結集，包括〈採訪一座無人島〉（西吉島的一頁滄桑〉等十四篇，大體是地理與歷史結合之作。

六、邱坤良

邱坤良是一個受過嚴格史學訓練的史學碩士，但他把興趣擺在民間戲曲上面，蒐集、整理散在民間的戲曲資料，奔走於各地去勘察訪問，並且親身投入，參與眞實的戲曲活動，爲了保存、發揚與推廣民間戲曲，他翔實而生動的記錄了參與民間戲曲活動的情形，以及調察探訪民間戲團的過去與現在，豐富了現階段報導文學的內涵。《民間戲曲散記》與《野臺高歌》二書便是這些記錄文章的結集，頗受各界重視，其中的〈西皮福路的故事〉（近代臺灣東北部民間戲曲的分類對抗）且是時報首屆報導文學甄選首獎作品。

七、徐仁修

徐仁修是一位農業專家，畢業於國立屏東農專，曾任臺灣省農林廳技正，駐尼加拉瓜農業技師，同時他也是一位探險家，曾多次深入熱帶蠻荒叢林地區，以小說筆法寫過幾本書，報導他的探險經驗㉗。

一九八三年初，他帶槍專訪舉世聞名的神秘地區金三角，想掀開鴉片的秘密，結果寫就了一本《金三角鴉片之旅》，他是繼柏楊之後，親訪金三角並翔實報導的作家。

八、馬以工

建築系出身的馬以工，在美國攻讀的是都市與區域計畫碩士，目前仍在臺灣大學土木研究所攻讀博士。曾擔任過交通部觀光局設計規畫師，現任行政院文建會兼任研究委員。

馬以工也是時報第一屆報導文學獎得主，作品是〈陽光照耀的地方〉（記下淡水、東港兩溪流域的客家村莊），在此之前，她曾編著《再見林安泰》，關心的對象是瀕臨拆毀的古厝。從她幾本報導文學集：《尋找老臺灣》（一九七九）、《我們只有一個地球》（一九八三，與韓韓合著）、《歷史建築》（一九八三），可以看出她「把臺灣開拓史與現在尚存的傳統建築、洋標殘址接連在一起」的用心，以及對於臺灣生態環境的關切。

九、心岱

㉗指《月落蠻荒》、《叢林之王》、《家在九芎林》等書，遠流出版。

在還沒有投入報導文學工作之前，心岱已是一個出版了十幾本書的成名作家。一九七八年，她進了在臺灣銷行甚廣的《皇冠》雜誌工作，擔任的便是採訪報導，她上山下海，寫出了「既談事，又談地區特色，又把綜合的生態環境的保育觀念寄託其中」[28]的諸多作品，最具代表性的是曾獲第三屆時報報導文學獎的那篇〈大地反撲〉。

一九八三年，《大地反撲》報導文學集出版，收集了十一篇報導文學作品，逐篇細讀，我們彷彿聽到心岱為大自然吶喊的聲音。

結語

報導文學從文學實用的思想衍化而來，正是中國文學思想的正統，在現階段風行起來，又是一種時代潮流，我們有必要去正視它的發展，而且也期待它更準確而有效的發揮它的社會功能，有更多的人從愛出發來參與。

然而藉由報導文學以企圖達到某種政治或人生的目的，我們必須留意它被誤用的可能性，同時我們必須注意文體發展既久可能出現的弊端，包括流於浮滑以及公式化。

（七十三、十二、一《文藝復興》一五八期）

---

[28] 見《大地反撲》蔣勳序：〈路遙情深〉。

一九八〇年文學批評概況

在文學研究方法論中，放寬文學批評的範疇，它應包含文學理論、批評方法與實際批評三者。前者無疑是後二者的基石，但它本身已足形成一門獨立且成體系的學問，對於各類文學研究，它是不可或缺的基本知識。所以當我們在探討文學批評的諸多現象時，往往只針對批評的理論與實踐去加以考察並引證說解。本文正是持此以觀一九八〇年的中國文學批評，至於歸納統整文學理論方面的文章，於此略而不論。

再者，實際的批評工作理應包含作品的詮釋與評價兩層實務，但是如今的一些批評者卻往往只願運用各種批評方法以分析詮釋作家和作品，而不願提出一個明確的價值判斷，我們當然也承認他們的工作已具有評的性質。至於應酬性質或捧場式的推介文章、漫罵性質的攻擊文章，其作者已損及做為一個批評者的尊嚴，自然不被承認其具有批評之意義。

以下由古典文學與現代文學兩方面分別加以概說，必需要說明的是，本文只是「概說」，自然無法兼容並包，更無法引證細論了。

古典文學的批評

在這方面，古典文學研究會的成員繼續扮演非常重要的角色，在十二月中旬召開的第二屆會議中，總共宣讀了十七篇關於古典文學的論文，其中有多篇是實際批評，譬如鄭向恒從感情表現的角度析論東坡詞，邱燮友從禪趣的觀點以探討唐詩，方瑜則「舉出代表性的篇章，就其表現內涵較爲突出的主題加以析論」杜甫在四川草堂時期的詩作。至於曾昭旭的〈文學創作與批評的哲學考察〉，從科際整合概念出發，對於文學批評的要義、活動形態與功能做了深入的思考，是屬於批評理論的範疇（皆已收入《古典文學》第二集，學生書局）。

另外一個堪稱爲古典文學的批評重鎭的是，一個由六位傑出文學研究者（姚一葦等）組成的「文學評論編輯委員會」所主編的《文學評論》，在這一年中它易主（原是書評書目出版社，現在是巨流出版社）出版第六期，除了張亨的〈論語論詩〉是文學批評史的專論，其餘五篇：兩篇詩評、三篇劇評，它們或是上篇，或是下篇（呂正惠〈飽照詩小論〉除外），必需合看下集或上集才能一覩全貌。但不管如何，可以確信的是，這些精闢的中國文學之專題研究，已提供給文學史家非常可貴的參考資料。

由臺大外文系主編發行的《中外文學》月刊無疑是另一個文學批評的重鎮，這份從一九七二年六月創刊即已將「文學論評」定爲編輯重點之一的純粹文學性雜誌，直至如今仍未改其宗旨，在一九八〇年的一年中，成績令人滿意，有作品詳析，如林明德〈論詩經第一首〉、傅述先〈讀楓橋夜泊〉、鄭良樹〈論柳宗元的永州八記〉；有古代文學批評之研究，如王夢鷗〈劉勰論文的觀點試測〉、徐復觀〈陸機文賦疏釋初稿〉；有文學批評之研究的批評，如李石〈讀黃維樑人間詞話新論〉；更有如姚一葦〈文學批評有學院、非學院之分嗎〉直指現階段文學批評界的病態現象者。在這些論文中，作者條分縷析、鉅細靡遺而且富辯證精神，具有很高的學術價值。

在報紙副刊及其他文學性雜誌上，由於較傾向於現時代的文學，同時受到一些主客觀因素的限制，刊載評析古典文學的文章較少，篇幅亦較小，但是也不可忽視，像《中國時報》、《聯合報》、《中央日報》、《中華日報》以及《中華文藝》、《明道文藝》、《文藝月刊》等報章雜誌，皆時有很好的評論文章，舉例來說，在《中國時報》的人間副刊上我們可以讀到如下的精闢評論：

徐復觀〈王夢鷗先生〈劉勰論文的觀點試測〉一文的商討〉（四月十七—二十日）

傅述先〈讀芙蓉樓送辛漸〉（五月二十日）

徐復觀〈答薛順雄教授商討「白日依山盡」詩〉（五月二十二日）

黃維樑〈超越時代的詩仙〉（六月十八—十九日）

余光中〈三登鸛雀樓〉（七月十五日）

徐復觀〈簡答余光中先生「三登鸛雀樓」〉（八月十二日）

孫述宇〈岳飛的「滿江紅」〉（九月十日）

在《中華副刊》上可以讀到黃永武的專欄「愛國詩牆」，在《文藝月刊》上可以讀到陳啟佑的「古詩新論」專欄。前者著眼在詩人愛國情操和詩中的激昂奮發精神；後者則兼容並蓄各種批評方法以剖析、鑑賞文學作品。

現代文學的批評

比起古典文學，現代文學方面的批評顯得更形熱鬧，它一方面表現在此起彼落的演講與座談會中，同時亦頻頻出現在雜誌和報紙副刊上，不過令人感到遺憾的是，訴諸於感性的、印象式的評介在量上遠超過嚴肅的批評論文，原因當然是一些編者往往會考慮到一般讀者的接受與消化能力。以下擬以幾個重要刊物為主分別概說：

(1)《書評書目》（八〇—九二期）

這個刊物可以說是評論文章的大本營，文學當然也是其重點之一，在這一年的十二期中，每期從二篇到九篇不等的評論，就文類而分，詩、散文、小說都有，而以小說批評數量最多，成績亦最好，其中的「每月小說選評」專欄，除一、九、十二月各停一期之外，每期一篇，擲地都有聲。這個專欄是配合「年度小說選」而開設的，執筆者即小說選的編選者，從二月起由詹宏志接季季的棒，他以一種近乎歷史論批評方法的觀點，析評了鍾延豪等七人八篇小說，直探小說世界的核心所在，而且將作品納入整個時空格局之中，理路清晰、立論精確，爲中國現代文學批評開拓一個寬廣的田野。其中評陳若曦的政治小說〈路口〉一文，曾引起熱烈討論（有高天生〈出入「路口」〉和駱梵的〈從「路口」引發的討論〉）。

該雜誌另一個不定期的專欄「中國現代文學評論之評述」，是文學批評之研究，本年發表兩篇，一篇是林國源論姚一葦（二月），一篇是黃維樑論夏志清（三月），後者引來鄭振寰一篇〈從治學方法看文學批評〉（七月），嚴厲地批評夏志清，接著是黃氏的答辯文〈大批評家必須博學〉（八月）以及鄭氏的〈再論治學方法與文學批評〉（十一月），不論他們各自對夏氏之學的看法如何，在一往一來之間，觸及了批評家的條件，批評的態度與方法等諸多文學批評上的重大課題。

其他像趙夢娜評陳黎、楊澤的詩（一月），羅青評葉公超的散文（一月），冷之焚析張系國的小說（六月），李瑞騰評楊茯的小說和林梵評陳映眞的小說（七月），亮軒評姚一葦的劇本和雪韻評朱介英的詩劇（八月），金沙寒探討七等生（二、十二月）等等，皆能做到照辭如鏡、評理若衡的批評要求。

⑵《中外文學》（九二——一〇三期）

比起《書評書目》，《中外文學》月刊在這方面的表現是毫不遜色，而且在質上有更加堅強的趨勢，十二期中，有五期各二篇（一、二、四、五、七月），有二期各一篇（九、十一月），五期缺（三、六、八、十、十二月），總計是十二篇：詩評五而小說評七，前者包括子于評梅新詩集《椅子》，蔡源煌論現代詩中的第一人稱「我」，黃維樑選析卞之琳詩四首，選析余光中、瘂弦、黃國彬詩各一首，趙夢娜評陳黎詩集《動物搖籃曲》；後者包括何欣論洪醒夫，張火慶論林蒼鬱小說集《月光遍照》，馬叔禮談蘇偉貞短篇〈陪他一段〉，何欣評鍾肇政長篇《濁流三部曲》，蔡源煌論鄭清文的第一人稱小說，樂蘅軍論臺靜農短篇小說集，李文彬論周東野短篇〈啊，頓河〉等。除了子于和馬叔禮帶點感性，餘皆相當嚴肅，剖情析采，頗見評者銳利的洞察力和嚴密的推理論證工夫，特別值得一提的是，樂蘅軍以其治古典文學的一貫方法以剖析臺靜農小說中的悲運故事，準確掌握小說的主題意識，出之以流麗暢達、揮灑自如的批評語言，令人激賞。

(3)《臺灣文藝》(革新號一三—一七期)

這個經營得非常艱苦的純文學性雙月刊，從它的革新第一期開始，做了許多作家作品的研究專輯。本年中，雖然只刊載六篇文學評論——包括三篇作家作品論和三篇階段文學論評，前者是蕭蕭論吳晟、李瑞騰評岩上詩集《冬盡》、高天生論東年的小說。後者是葉石濤和彭瑞金對談一年來的小說界，日人塚本照和析論日本統治期的臺灣小說、彭瑞金論八〇年代的臺灣寫實小說。於此，我們要特別提出彭氏的大文，他經由對過去的小說浪潮以及諸浪相互激盪的回顧，替現階段的臺灣寫實小說把脈，而開出了一帖處方：作家不能受囿於狹隘的一元價值觀。這樣的論點頗能擔負起批評者扭轉、導正文學創作走向的重責大任。

(4) 報紙副刊

一般說來，報紙副刊比較重視知識訊息的傳播，雜文短論特多，嚴肅性的長篇巨論較難容納，但也不是沒有，譬如《中國時報》人間副刊在年初就曾集中火力做陳若曦批評，《聯合報》亦曾陸續刊載幾篇金兆小說的評論，余光中〈紅旗下的耳語〉(五月八—十日)即是其中的佼佼者。這兩大報皆有計畫編輯傾向，發表文學批評文章通常也是計畫性的，譬如他們各自舉辦的文學獎之得獎作品的評析，大陸作家具有新聞性者之作品的討論(如曹禺)，不然就是名作家評名作家。由於兩報的發行量驚人，所以影響非常大。

至於其他的報紙，《臺灣時報》在發表一篇小說時常附有一篇評論（如挑戰擂臺、新人月專欄）；《中央日報》和《中華日報》常有大型的文學書評文章；《民眾日報》、《臺灣日報》等亦皆時有佳作。

(5)其　他

《中華文藝》每期皆有詩、散文、小說選讀評析專欄，分別由菩提、朱星鶴、司馬中原執筆，略嫌簡略。《文藝月刊》上有詩的札記和現代詩泛論兩個專欄，前者由洛夫執筆，時有詩的實際批評（如評向陽詩集《種籽》）；後者由蕭蕭執筆，傾向於詩理論之探討。《幼獅文藝》除每期有「現代詩賞析」（專號期除外，林明德等人執筆），亦時有佳作，如四月號有楊昌年評洛夫散文集《一朵午荷》，李瑞騰論李永平小說集《拉子婦》。《明道文藝》上則有丁琬的評介新生代小說家（如李赫、古蒙仁等），頗有參考價值。至於曾輝煌過的《現代文學》雜誌上許南村評蔣勳詩集的長文（復刊十一期），氣魄很大，卻未免失之於偏狹、武斷。

（七十一、三《文學與時代》六期）

二十年來臺灣的文學評論

——《中華現代文學大系・評論卷》導言

有關文學的書寫行爲，包括了創作活動和論述活動。前者乃是作者將其內在的思想和情感以一組可以有效傳達的文字往外表現，後者主要是針對文學活動空間的個別或整體現象，加以詮釋並從事價值評判。通常，創作者需特具對人世現象的靈視巧思，從選擇素材到經營篇章的書寫過程，他必須把握住原創性；而論述者，他當然也需要有創意，或者可以說，他其實也正參與作品的創造。

既有的文學事實告訴我們，文學的論述既單純且複雜。說它單純，是著眼於它只不過是個人主觀認定的客觀化而已，只不過是閱讀中所發現的意義之陳述而已；說它複雜，主要是因爲它會因論述者個人的性情、經驗、知識、道德信念等方面的差異，而有不同的論述內容和結果，有時甚至會形成眾說紛紜的局面。

然而，創作者是寫其所聞所見的社會之實，是寫其所思所感的內心之意，不論他是採取直接的表現方式，或是迂迴的寫作策略，一旦成爲論述的對象，剖情析采是在所難免，潛在或隱晦的原創意圖將被具體化成條理分明的論述文字，一方面再現作者的心思，豐富作品的內涵，也導引讀者從事閱讀的活動。

更值得注意的是，在當代，文學的論述必得經由傳播媒介去進行，個人的意見因此而得以社會化，其間的經過情況是這樣的：首先是媒體編輯人的閱讀與認可，其次是有效的編輯作業，最後才是以印刷成品向目標讀者羣傳播。和文學創作品一樣，它被選擇閱讀，被贊成或者反對，有時是一場無形的對話，有時卻會七嘴八舌爭吵起來。

這就牽涉到論述的態度、觀念和方法了，永遠是值得爭論的題目，中西文學批評史所不斷探討的其實就是這些問題。當然我們都知道，態度要客觀、觀念要正確、方法要得當，但是論述者往往有他的主張和堅持，主張這個，堅持那個。如若能尊重不同的意見，百花齊放，何嘗不是好事，但開放和包容似乎更難，於是一種整合性的綜論便顯得非常重要了。最近讀到柯慶明所著〈現代中國文學批評述論〉❶、王建元所著〈臺灣二十、三十年文學批評的

❶ 柯氏此文長達十一萬字，收入同名書《現代中國文學批評述論》，臺北，大安，一九八七。

理論與方法》❷，做的便是這樣的工作。這兩位，前者中文系出身，後者外文系出身，學術背景有異，其所著重自亦有所不同。不過，在引例上，他們有一共同點，就是比較不觸及當代文學的批評。我以爲這應該是一個值得開發的範疇。幾年前《書評書目》曾規畫一個〈中國現代文學評論之評述〉專欄❸，係個別評論家的綜論，可惜數篇之後無疾而終。這方面的文章當然有一些，具反省性的通論式文章卻不多，我所見者唯陳芳明〈檢討民國六十二年的詩評〉❹，蕭蕭〈現代詩批評小史〉❺幾篇而已；資料性的則有鐘麗慧所撰的〈近三十年文學批評選集提要〉❻。

文學批評實際上就是文學的論述活動，做爲一種知識，毫無問題它應該是專業的，因爲它必須合乎論證推理的論述原則。對於文學創作，永遠必須有批評論述以爲對應，而對於文學批評呢？當然需要有再批評，同時也非常需要階段性的綜合論述。除此之外，各種批評選

❷ 見賴澤涵主編，《三十年來人文及社會科學之回顧與展望》，臺北，東大，一九八七。

❸ 這個專欄總共刊了六篇，分別是：化村寫葉石濤（七十九期）、彭瑞金寫陳映眞（七十九期）、高大鵬寫高友工（八十期）、林國源寫姚一葦（八十二期）、黃維樑寫夏志清（八十三期）、李庸寫黃永武（九十三期）。

❹ 載《中外文學》三卷一期，收入《詩和現實》，臺北，洪範，一九七七。

❺ 載《中華文藝》七十六期，一九七七年六月，收入《燈下燈》，臺北，東大，一九八〇。

❻ 載《文訊月刊》（雙月出刊）三十二－三十七期，一九八七年十二月－一九八八年八月。

集的出版更是一件迫切的事。

做爲一部批評選集的序言，本文自是無法詳細說明近二十年在臺灣這個地方現代文學的批評之發展。不過，簡單的歷史考察可能無法避免。

2

七十年代初期臺灣的文學社會新興兩股頗具衝擊的動力，其一是戰後出生的年輕作家羣崛起（如《龍族》、《大地》等詩社的詩人羣），以一種相異於五、六十年代的文學觀點，從根本上反省文學的存在及其功能問題；其二是海外的知識分子（如關傑明、唐文標等），他們基於中華民國國際處境的日愈艱困（退出聯合國、釣魚臺事件、中日斷交），而回首臺灣的生存及其內部的諸多問題，終也觸及到文學人的書寫行爲，檢討起時代的整體文風，並且嚴厲的加以批判。這兩股力量的出現，相對於原有的文學傳統（五十年代發展下來的戰鬪文藝傳統、現代主義傳統），再加上比較具有批判色彩和反省能力的既存勢力（如《文學季刊》）、繼承日據下臺灣新文學傳統而且素樸無華的鄉土作家羣（《臺灣文藝》和《笠》詩社等），臺灣文學社會的原有結構必然要有一次解體和新的組合。一個多元化的文學社會結構形成，卻也顯示出複雜、微妙、潛在的對抗關係。

這樣的文學風潮一方面表現在文學創作上面，另一方面更表現在文學的評論上面，後者在這風潮中又往往扮演著兩種角色，其一是推波助瀾，其二是反省總結。透過文學評論的考察，不只是文學發展的脈絡清晰可見，評論本身也自成一個發展體系，顯示當代臺灣知識分子的一種人文活動，更牽繫著時代環境的變遷軌跡。

所謂推波助瀾，很容易就可以理解，七〇年代前期反文學現代主義的運動、後期的鄉土文學運動（甚至八〇年代的魔幻寫實小說、後設小說以及後現代主義的潮流等等），都是經由評論文章的提出、論證而得以擴散、宣揚其思想理念。至於反省總結，這原本就是人文活動中一個非常重要的階段，一般來說，它的作業是：彙整既有的文學現象，加以陳述、分析，指出其前因後果並加以診斷。它可能出之以論述方式，也可能彙編成書，當然兩者也可能合而爲一。當鄉土文學論戰的戰事初歇，沈謙從百篇討論文章中選出比較重要的二十幾篇爲素材，撰就〈從批評原理論鄉土文學〉⑦，除羅列眾說、將論爭過程階段化、歸結出問題癥結、並試圖提出較客觀件、整合性的論說；而論戰的雙方爲更具體呈現各自的主張，乃有《當前文學問題總批判》（一九七七，彭品光主編）、《鄉土文學論集》（一九七八，尉天

⑦ 載《聯合報》副刊，一九七八年二月十六—十七日。收入《期待文學批評時代的來臨》，臺北，時報，一九七九。

驄主編）的出版，甚至於十年以後，《臺灣文藝》都有〈鄉土文學論戰十周年省思〉的「特別企畫」（一〇五期，一九八七年五—六月）。又如從七〇年代中期陸續出現在臺灣傳播媒體的特殊文類「報導文學」，陳銘磻在一九八〇年將有關討論文章編成《現實的探索》一書出版，李瑞騰在一九八四年寫成〈從愛出發——近十年來臺灣的報導文學〉❽，林燿德在一九八七年寫成〈臺灣報導文學的成長與危機〉❾，在反省總結之中也蘊含著對於未來的期待。

前面說過，文學的論述活動必經由大傳媒介的進行，始能發揮它的影響性。更重要的是，許多論述常常是媒介編輯人有計畫催生出來的，有時他們主動針對某些文學現象，以編輯行動來表示他們的看法，有時則是受到某些文學集團或個人的影響而提供發表園地。特別值得注意的是，媒介常會動員文學意見領袖集中火力面對個別文學現象或問題，透過媒介的有效發行，給文學社會帶來的震撼不言可喻。

七〇年代前期由諸多年輕詩人社團所創辦的詩刊紛紛出現，依序有《龍族》（一九七一）、《主流》（一九七一）、《暴風雨》（一九七一）、《大地》（一九七二）、《後浪》（一九七二）、《草根》（一九七五）等，加上五〇年代創刊的《藍星》（一九五四）、

---

❽ 載《文藝復興》一五八期，一九八四年十二月。
❾ 載《文訊月刊》二十九期，一九八七年四月。

《創世紀》（一九五四）、六〇年代創刊的《葡萄園》（一九六二）、《笠》（一九六四）等。詩刊，這個詩人獨有的傳播媒介，恆以昂揚的鬪志不斷向世人宣告詩與詩人的存在以及和社會的各種可能關係。

比較起詩刊來說，綜合性的文學雜誌可能較有包容性，尤其是非同仁性質的刊物，七〇年代初期，《中華文藝》（一九七一）、《中外文學》（一九七二），以及一份雖非純文學刊物卻非常關切文學的《書評書目》（一九七二）陸續創刊，加上既有的《幼獅文藝》（一九五四）、《臺灣文藝》（一九六四）等刊物，爲文學評論提供了一個又一個發展的空間。

除此之外，創刊於六〇年代末期的《大學雜誌》、七〇年代中期的《中國論壇》、後期的《仙人掌雜誌》等人文及社會科學類期刊，則比較會從社會外緣的角度去審視文學。

除了雜誌，報紙的副刊以快速和大幅度的傳播效能積極推動文學的發展，一篇又一篇或長或短的評論文章都充分表達了作者的意見。

從文學傳播的角度來看，媒介活動最直接的影響來自機構和編輯人，這是一個非常值得探索的問題，以上所舉的詩刊、文學雜誌、人文類雜誌等皆各有其背景，編輯結構也都有其一定的成因，我們期待有人來做這樣的研究，把評論文章的發表和媒介特質之間的關聯找出來，呈現出文學社會中一個重要的組成部分。

時代不斷往前推進，在七十年代我們特別重視一九七七年。在這一年，張漢良爲《中華文藝》主選的〈文學批評專號〉推出；他和蕭蕭的詩評論集（《現代詩論衡》、《鏡中鏡》）由幼獅文化公司出版；《仙人掌雜誌》創刊；《小說新潮》創刊；《臺灣文藝》革新版問世；《文藝月刊》擴版發行；張恆豪編的七等生論評集《火獄的自焚》出版。這正是鄉土文學論戰年，臺灣的文學社會湧動著縱橫交錯的文學潮流：各種性質的文學獎照常舉行、青溪文藝協會活動頻繁、臺灣省作家協會成立、國民黨中央文工會召開第一次文藝會談、《臺灣文藝》開始製作作家作品研究專號（本年三期，分別是鍾理和、七等生、鄭清文）。

這是一個複雜的年代，前一年（一九七六）大陸文革結束，鄧小平復出掌權。次年（一九七八）在臺灣的中華民國由蔣經國出任第六任總統，孫運璿出任行政院長。而一九七九年元月一日美國卡特政府和中共建交，和在臺灣的中華民國斷交；在政治上，大陸不斷湧現民主的浪潮，臺灣則不幸爆發美麗島事件，可以發現兩岸的對峙產生了新的競爭形態；在文學上，到了一九七九年，大陸已出版《臺灣小說選》、《臺灣散文選》⑩，而臺灣也出版了高上秦編的《中國大陸抗議文學》、葉洪生編的《九州生氣恃風雷——大陸覺醒文學選集》、

⑩ 見方美芬〈中國大陸對臺灣文學研究論文目錄〉，載《當代文學史料研究叢刊》第三輯，一九八八年十月。

多多等著《反修樓——紅衛兵的浩劫文學》等書⓫。

在這種情況之下，李南衡主編的《日據下臺灣新文學選集》（五冊）以及葉石濤和鍾肇政主編的《光復前臺灣文學全集》（八冊，小說部分）的出版（一九七九），似乎是必然的發展了。更進一步看文學評論，彭瑞金《泥土的香味》（一九八〇）、羊子喬《蓬萊文章臺灣詩》（一九八三）、高天生《臺灣小說與小說家》（一九八五）、許素蘭《昔日之境》（一九八五）、宋冬陽《放膽文章拚命酒》（一九八八）等文學評論集的陸續出現，都有明顯的脈絡可尋。

在一篇題爲〈一九八〇年的中國文學批評〉⓬一文中，筆者曾撮述幾個刊物在該年發表評論的狀況，特別就《書評書目》、《中外文學》、《臺灣文藝》加以著墨，但《書評書目》在次年（一九八一）九月出版一百期之後停刊，隨即有《文學界》（一九八二）、《文季》（一九八三）、《文訊》（一九八三）、《新書月刊》（一九八三）、《聯合文學》（一九八四）、《文學家》（一九八五）陸續創刊，另外《當代》、《文星》在一九八六年一創刊一復刊，這些刊物，對於評論都頗爲重視，而且用心，它們之中有一些雖然已經停刊

⓫ 這三本書分別由時報、成文、爾雅出版，張子樟曾編有〈國內轉載大陸「抗議文學」作品索引〉可參考，載《文訊月刊》六期，一九八三年十二月。

⓬ 載拙著《寂寞之旅》，臺北，時報，一九八二。

（《文季》、《新書月刊》、《文學家》、《文星》），但它們曾有過貢獻，文學史家不能忽略它們。

談到八〇年代的文學評論，不能不提《臺灣文藝》於一九七九年成立的「巫永福評論獎」以及爾雅出版社出版陳幸蕙主編的年度文學批評選（一九八四年開始），前者每年頒發，似乎沒有引起文學界太多的重視，但它在肯定文學評論上面做出了一定的貢獻⑬；後者不只是選集，可視爲文學批評年鑑，已連出五年，逐漸可以見到成效，再持續下去，是可以展現一時代的文學風貌、個別作家的文學成就以及文學批評活動的特有景觀。

近一兩年來，由於中華民國解除了黨禁，報禁，大陸政策彈性開放，使得兩岸關係呈顯出新的形態，文學的接觸日益頻繁，表現在文學評論上面，可以很清楚的看出，無論觀念、方法，或是評論的內容，都已經有了初步的變化，值得細細觀察，預料對於九十年代現代中國的文學評論將會產生極大的影響。

3

做爲《中華現代文學大系》中的一類，包含兩册的評論卷爲了達成：㈠呈顯七、八十年

⑬ 巫永福評論獎已辦理了十屆，歷屆得獎人分別是：①葉石濤，②謝理法，③彭瑞金，④何欣、尉天驄，⑤趙天儀，⑥宋冬陽、高天生，⑦李魁賢，⑧張恆豪，⑨鄭欽仁，⑩林央敏。

代臺灣地區文學評論的狀況；㈡經由這些評論文章可以看出臺灣地區文學發展的大體狀況，整個編輯過程可以說大費周章。

首先我們清查一九七〇年以後創刊以及尚在發行的人文類雜誌，除曾編印索引者⑭，重要期刊的目錄亦加以影印；第二部分工作是收集有關的論文索引⑮，詳細閱讀，並嘗試初選；第三部分則是以個人評論專集和多人評論合集爲收集對象，並儘可能翻閱原書。

這項編選的預備作業是在文化大學中研所幾位研究生的協助下進行的，投下的時間和人力頗爲可觀，結果由主編初選出二五五位評者的六一九篇，分布在大約七十種媒介上面，工作人員總共編成三種目錄，一種是分類目錄（總論、詩、散文、小說、戲劇，各類以發表時間爲序），另兩種是以出處筆畫和評者姓氏筆畫爲序的輔助目錄，並做了媒介、評論者、被評論者篇數的統計：

---

⑭《中外文學》、《傳記文學》、《書評書目》、《臺灣文藝》、《幼獅文藝》、《聯合文學》、《創世紀詩刊》等都曾編過索引。

⑮譬如中央圖書館編的《中華民國期刊論文索引彙編》、《中國文化研究論文目錄》，以及《書評書目》的〈書評索引〉、《出版與研究》的〈報章雜誌篇目分類索引〉、《書目季刊》的〈書評索引〉等。

表一：媒介篇數較多者

刊物名稱	篇數
中外文學	89
書評書目	73
中國時報	46
聯合報	45
臺灣文藝	36
文訊	27
中華文藝	21
聯合文學	18
幼獅文藝	17
中華日報	16
文星	16
民眾日報	14
現代文學	13
新書月刊	13
創世紀	11
文學季刊	10
自立晚報	10

表二：評論者篇數較多者

評者	篇數
彭瑞金	18
歐陽子	14
何欣	11
花村	10
洛夫	10
陳芳明	10
黃武忠	10
羅青	10
陳映眞	9
張漢良	9
葉石濤	9
蔡源煌	9
顏元叔	9
蕭蕭	9
羊子喬	8
亮軒	8
高天生	8
葉維廉	8

表三：被評者篇數較多者

被評者	篇數
陳若曦	21
白先勇	20
余光中	17
黃春明	17
王禎和	16
張愛玲	15
王文興	15
陳映眞	13
張系國	12
七等生	10
鍾理和	9
張曉風	9
鍾肇政	8
葉石濤	8
宋澤萊	8

這樣的結果約略呈現出近二十年來文學評論的表象。雖然原訂編選標準中有「不含純理論和論爭文章，以作品的實際評析爲對象」，並且希望⑴所收文章在批評方法和文章形式上能有多樣性，⑵所收文章在評論對象上能有比較平衡的分布（含文類、作家、時間等），但這樣的理想似乎不易達成，因此初選只能以從寬爲原則，儘可能多方兼顧，把決定權交給編輯會議。

編輯委員（李瑞騰、呂正惠、蕭蕭）在冗長的論辯、溝通之後，初步選定六十三位評者的七十篇作品，分別是總論七篇、詩二十三篇、散文八篇、小說三十篇、戲劇二篇，總字數大約九十萬字，和原來預計的差不多。第一階段的編輯工作告一段落。

接著是發函通知作者，並徵求同意，這是編輯工作最後必然要做的一件事，煩人的行政工作皆由出版社同仁承擔。非常遺憾的是，到了最後仍有幾位未能寄來同意函，爲尊重作者，經編委及出版社會商結果，決定放棄，並加以存目⑯。

⑯分別是張良澤〈吳濁流的社會意識——就其描寫臺灣光復以前的作品探討之〉（載《中外文學》三卷九、十期，一九七五年二、三月）；陳芳明〈新的一代，新的精神〉，此文爲《龍族詩選》的序，收入《鏡子與影子》，臺北，志文，一九七四；陳映眞〈試論吳晟的詩〉、〈試論陳映眞〉、〈試評《打牛湳村》〉，三文皆見《歷史的孤兒，孤兒的歷史》，臺北，遠景，一九八四。另外，唐文標〈新的沒落——臺港新詩的歷史批判〉無法獲得同意函；侯健〈朱西寧的《破曉時分》〉因版權問題，我們忍痛割愛。

最終決定，所選評論者總計五十九位，大部分只選一篇，選兩篇的只有四人（夏志清、葉石濤、余光中、顏元叔）。在所有作者中，男性五十二位，女性七位，比例相當懸殊；就作者所在地來說，有四十四位在臺灣，其餘十五位中，在美國的十一位，在香港兩位，在瑞士、新加坡各一位；就學歷來說，有博士學位的大約一半，有三十一人，有碩士學位的有十四人；就學術專長來說，絕大部分是中外文系出身（數目相當，約占總數百分之八十），其餘學的是大傳、藝術、歷史、數學、經濟、法律等；就文學活動來說，有三十四位有創作，有三十八位正在或曾經從事大學文學教育工作；以出生年來說，六十歲到七十歲之間有八位，五十歲到六十歲之間有十一位，四十歲到五十歲之間有二十四位，三十歲到四十歲之間有十四位，三十歲以下只有一位。

在所選的六十三篇作品中，我們計區分爲五類：通論七篇、詩二十篇、散文八篇、小說二十六篇、戲劇兩篇，這樣的分布大體反映臺灣文學評論對象的文類分布。評論者特別看重小說，是可以理解的，主要是這文類最可見出作家觀察人世現象，並以之爲素材的爲文之用心；至於也受評論者重視的詩，雖然逐漸消失其廣大讀者羣，成爲小眾文類，但由於做爲語言的藝術，它最能發揮文字的鍛鍊工夫，其曲折委婉地表現主題意識的方式，特別值得分析探索，對評論者也最有挑戰性，所以不斷有人投身詩評詩論的行列。散文和戲劇的評論量原就比較少，嚴肅的分析評論當然更少了。不過，就創作來說，無所不在的散文在量上可以說燦然可觀，但卻鮮有人願意去從事研究。而戲劇（特指以文字書寫的劇本），因爲它已發展成各種表演藝術的綜合形式，少被放在文學的範疇來討論，量少是理所當然的。

通論類七篇，王拓的〈是現實主義，不是鄉土文學〉、彭歌的〈不談人性，何有文學？〉是發生於一九七七—七八年鄉土文學論戰中兩篇極重要的文獻，他們立場分殊，觀點各異，而其實是可互補互化；葉石濤的〈臺灣鄉土文學史導論〉、尉天驄〈由飄泊到尋根——工業文明下的臺灣新文學〉提供了兩組不同的文學史觀，宜並列一起參照印證。此四文可以代表臺灣知識分子對於臺灣文學與時代環境互動狀況的反省思索，至於李歐梵〈浪漫之餘——五四以後的文學反顧〉檢討五四浪漫精神對後來的影響，並要求重新加以鑑定；臺灣史的研究者王曉波以〈臺灣新文學史之父〉爲題論述賴和的人和他的思想，用意在於尋文學之根，不只是一般的作家論。而夏志清〈現代中國文學史四種合評〉，一方面是書評，另一方面也在討論現代的中國文學史應怎麼個寫法，同時，對於新文學傳統的特色，他也反覆加以解說。

第二類是詩，和其他各類的情況一樣，我們希望能從評者與被評者雙方面來考慮，當然，這是一件非常困難的事，不只是認知上的問題，更有行政上難以克服的地方，我們最後的定稿是二十篇，大體上可以分成兩部分，一部分是個別詩人的專論，評者和被評者分別是這樣：

被評者	評者
羅門	蕭蕭*
葉維廉	顏元叔
管管	周寧
羅青	余光中*
瘂弦	姚一葦
白萩	張春榮
余光中	李有成
羅英	洛夫*
向陽	王灝*
杜十三	瘂弦*
楊澤	林燿德*
洛夫	葉維廉*
夏宇	鍾玲*

在十三位評者中本身也是詩人的就有八位（有*者），其中有四位既是評者，也是被評者，這樣的高比率顯示出臺灣實際從事詩批評的主要還是有詩創作經驗的人，他們可能比較能夠掌握詩創作的行動內涵，而如何超越個人趣味和創作習慣可能是他們的重要課題。

詩人作品的專論，當然有各種不同的論述方式，不論如何都必須建立在詳細的閱讀基礎上面，唯如此而後能發現該詩人作品之特色——包括表現方式和主題傾向，譬如說，姚一葦發現瘂弦的〈坤伶〉詩「是從傳統的律詩中蛻化而來的」，於是他舉律詩以證，並「通過這首詩來探討我國現代詩與傳統詩間的一個問題」；又如洛夫發現羅英「活在一個純粹的感覺世界中」，「自身俱足」，所以他經由其詩的語法、意象和結構，「向羅英的感覺世界探險」。其他像顏元叔論葉維廉、余光中論羅青等無非如此，他們的評論亦各有其特色，正等待我們的發現。

另一部分是詩的專論，有時代整體或部分詩風的論述，如關傑明針對七〇年代以前臺灣新詩加以反省並批判；張錯針對大陸朦朧詩以後的發展所做的動向考察；張漢良爲《八十年代詩選》作序，發現現代詩人普遍追求所謂的「田園模式」，乃詳加論述。除此，陳慧樺〈從神話的觀點看現代詩〉、陳啟佑將「類疊」視爲新詩形式設計的一種美學基礎、李瑞騰將「鏡子」視爲現代詩中一個原型意象、羅青將錄影概念和詩之創作結合，他們或出入古今，或匯通中西，企圖建立現代詩學的系統理論，直接豐富了現代新詩傳統的內涵。

第三類是散文，我們只選出八篇，包括兩篇通論和六篇個別作家的作品專論，前者都是序，一篇是楊牧爲《中國近代散文選》（一九八一）寫的序，一篇是李豐楙爲《中國現代散文選析》（一九八五）寫的序論，他們都做了文類的歷史考察，楊牧重要的是類型畫分，並且溯源，李豐楙的通論，釋名以章義、原始以表末，可作爲散文導讀。後者分別是：鄭明娳總論琦君的十三本散文集，褒多貶少；亮軒三論張拓蕪，知性和感性混融；沈謙評古蒙仁的報導文學集《黑色的部落》，分析其報導性和文學性；余光中爲張曉風散文集《你還沒有愛過》（一九八一）作序，以〈亦秀亦豪的健筆〉爲題，肯定她是「有分量有地位的一流散文家」；黃維樑前已肯定余光中是「最出色最具風格的散文家」，此番再論，特著眼於余氏山水遊記，以〈釆筆干氣象〉爲題，從余氏對山水遊記的理論出發，「以其人之論還治其人之文」；何寄澎〈眞幻之際・物我之間〉論林文月散文，先逐篇闡述其思想性和她心中的愛，最後再論其寫作方式以顯示其精緻性。散文天地，無限寬闊，論述者有限，實有待開發，此八篇或能提供可能的發展路向。

第四類是小說，總計二十六篇，包含四篇通論，二十二篇作家作品的評析。前者是劉紹銘〈現代中國小說之時間與現實觀念〉、齊邦媛〈閨怨之外——以實力論臺灣女作家〉（小說部分）、蔡源煌〈從大陸小說看「眞實」的眞諦〉、王德威〈畸人行——當代大陸小說的眾生「怪」相〉。劉文的討論對象主要是臺灣小說，特別是從「寓言」的角度談小說的時間與現實觀，其中有很大的篇幅討論七等生；齊文以表現的實力論臺灣女作家（從林海音到朱秀娟、蘇偉貞和廖輝英），集中處理小說，認爲臺灣三十年來女作家的作品是「閨怨以外的文學」，因爲「我們活在一個容不下閨怨的時代」；蔡以他一貫的縱橫開闔去評析當前的大陸小說，從不同的創作理論和方式徹底檢討小說中的「眞實問題」，「寫實或不寫實只是程度上的差別而已」，即使是「現代派」，「本質上還是寫實的」，但是現在，「魔幻」寫實或超現實主義手法也已出現，莫言就是明證；王文分析當前大陸小說中所塑造的醜怪畸零人物，相對於早期大陸小說的「英雄與英雄崇拜」，此現象實值得注意，王氏論析之際，隨處引證五四以降新文學實例，並比較臺灣小說，提供了一個很好的解讀策略。

在二十二篇作家作品的評析方面，不同的論述內容與方式說明了評論者的文學訓練和社會關懷：

被評者	評者
張愛玲	水晶*
王文興	顏元叔*
姜貴	夏志清
楊逵 鍾理和	林載爵
白先勇	歐陽子*
楊逵 呂赫若 龍瑛宗	葉石濤*
司馬中原	高全之
陳若曦	白先勇*
楊青矗	何欣
黃春明	樂蘅軍
鄭清文	方瑜
七等生	黃克全*
袁瓊瓊 廖蕾夫	詹宏志
王詩琅	張恆豪
張系國	龍應台
黃凡	高天生
蕭颯	馬森*
李昂	古添洪
鍾肇政	彭瑞金
李永平	曹淑娟
王禎和	呂正惠
李喬	陳萬益

比較起詩評論來說，小說評者同時也是小說家的比率顯然小了許多（有＊者，計七人），大約百分之三十，在這裏既是評者也是被評者的唯白先勇一人而已，這種狀況頗耐人尋味，是否意味著小說評論比較不必有寫作經驗，比較需要批評方法？另外，小說部分有三篇合評，而且從事性質比較：林載爵比較楊逵和鍾理和，提出臺灣文學的兩種精神；葉石濤透過楊逵、呂赫若、龍瑛宗三人的三篇作品之比較，歸結出他們共同的寫作願望和一致的歷史觀

和世界觀；詹宏志經由袁瓊瓊和廖蕾夫的兩篇得獎作品論述「兩種文學心靈」。

我們發現，不論是小說家的總論或是其個別作品的評析，評者面對小說，一般來說，比較著重作家自身或他筆下的人物如何對應外在客觀現實上面，當然他們亦不會忽略作品主題的表現方式，不過比較起詩評論來說，小說評者之所重是很明顯的。

第五類是戲劇，我們只選了兩篇，分別是胡耀恆論曉風的〈第五牆〉、黃美序論姚一葦戲劇中的語言、思想與結構。胡、黃皆長年從事戲劇研究及教學，且關切當代的劇作，他們的論述應受到重視。

以上的分類介紹，受限於篇幅，很難一一點出各篇的特色，讀者逐次閱讀，不難體會作者衡文鑒情的專心，以及編者選文以定篇的用意。我們尤其歡迎大學文學院的學生藉此來認識文學批評的理論與實踐，並且透過它們來了解當代文學所存在和面臨的一些問題。

本書之編成，費時將近一載，所購買之圖書，所影印之資料，不知凡幾。諸家評論，或如溫厚長者，誨人不倦；或如滔滔辯士，踔厲風發；或如潑婦罵街，語含譏諷。點讀之際，時而擊節讚賞，時而會心微笑，時而歎其牽強附會，時而怒其胡說八道。不管如何，於筆者而言，實在受益良多。

在編排上面，爲避免同一文類跨册，以及兩册頁數不致相差太多，我們將總論、小說編在第一冊，散文、詩、戲劇排在第二冊。除總論依文章內容的性質爲序以外，個別文類部分按發表時間的先後編列。

特別感謝呂正惠、蕭蕭兩兄熱心地參與編輯，他們的觀念和認識，使本書得免流於個人主觀色彩；更感謝九歌出版社蔡文甫先生的寬容與協助，他的文化理想應該獲得尊重。至於其他直接間接幫助本書完成的長輩和朋友，請接受筆者誠摯的答謝和祝福。

（七十八、五《中華現代文學大系》十四冊）

女性文學的多元化

女性文體

文學創作的本身就是一件行爲，此種行爲是必須接受一些內在和外在因素的支配或控制。內在的因素包括屬於這位作家特殊的體質（性情、健康因素）和符號（語言系統），外在的因素包括整個大的自然環境和人文環境（社羣）。

從這樣的理解來看女性作家和男性作家的創作行爲，是有其根本的不同的：首先是體質上先天的顯著差異；在表意符號上約略亦有陰柔與陽剛傾向之不同；其次是男女在羣體中的人際關係，毫無疑問也是異質的。因此，女性作家的作品風格必然有別於男性作家。這也就是女性主義批評者會發展出所謂「女性文體」的主要原因。

所謂女性文體，指的是女性特異的生理機能與肉體經驗影響女性的情感、思維和語言，而形成和男性不同的文體，自有其語言修辭的特色。然而由於前述的外在因素之影響，在同一個時代裏，由於整個社會環境中女性的地位及兩性關係有大體相同的傾向，所以女性文體也就具有其同質性。可是，不同的作家，卻也因前述的內在因素，使得個人形成她特殊的風格。

男性中心文學

準此，我們來看現代臺灣女性作家及其作品，可以發現，比較起光復前的臺灣，三十八年以前的大陸，甚至於民國新文化運動以前的整個古典中國，不論是在題材的選擇或是表現手法上，都有非常明顯的差異。

光復前的臺灣文學界，以遠景版的《光復前臺灣文學全集》來看，除了楊逵夫人葉陶女士、蔡德音夫人月珠女士，偶有詩作之外，其餘皆男性作家。三十八年以前的大陸文壇，以寫詩人來說，港大、中大合編的《現代中國詩選》（一九一七—一九四九）計收一〇九家詩，確定是女詩人的只有冰心等三位。至於古典中國呢？全唐詩收了兩千兩百多位詩人的作品，女性詩人不足二百位，知名的只魚玄機等少數幾人而已。而宋代的女詞人，根據韓人任日鎬的統計，名姓約略可知的約一百三十多人，生平事蹟可得而說的，只不過李清照、朱淑貞等數人而已。

而談到他們的作品，則皆屬閨秀一類，嘆年華，傷春悲秋，幽幽怨怨，委婉纖柔，罕有例外。

我們可以這樣說，整個古典中國文學是一個男性中心文學，女性文學只是附庸，甚至是點綴。這樣的情況，隨著清季女權觀念的興起，逐漸有所改善，但是進行的速度緩慢。民國新文化運動之後，女性的社會地位有顯著提高，再加上教育比較普及，觀念較爲開放，女性投身文學創作行列的逐漸多了起來，像謝冰心、黃廬隱、馮沅君、凌淑華、陳衡哲、袁昌英、蘇雪林、蕭紅、丁玲等人，在文壇皆能大放異彩，名滿海內外。但相對於整個大的男性作家羣來說，女性作家仍然是少數，眞正大羣女性作家的出現必須等到民國三十八年以後的臺灣（以及最近五、六年的中國大陸）。

臺灣女性作家

首先讓我們從量上來看當代的女性作家，根據民國七十三年由中央圖書館等單位舉辦「當代女作家作品展」所編的書目顯示，當代國內及海外自由地區有單行本出版的女性作家，截至七十二年底止有二九四人；文建會於同年出版的《中華民國作家作品目錄》，計收作家六二三人（含已逝的），其中女性有一七九人，約佔了百分之三十弱。另外，隨手抽查略帶有批評意味的兩本「作家資料書」，一本是民國五十七年梅遜編的《作家羣像》，在所介紹的三十六位作家中，女性有十四位，約佔百分之四十；一本是民國七十四年隱地編的《作家與書的故事》，在三十五位作家中，女性十五位，約佔百分之四十三。

這樣的比例足以說明女性作家羣相當龐大而且重要，不管你從什麼樣的角度看待她們，你都不能忽略她們的存在，以及她們的作品在整個臺灣的現代文學中所擁有的地位及可能產生的影響。

近幾年來，女性作家有更突出的表現，一方面是她們的作品在書籍市場暢銷，無形中左右了大部份文學閱讀人口的品味，頗有導引文學發展走向的可能；另一方面是由於女性的社會參與日漸繁多，女性文學遂多元化起來。前者曾引起各方面的憂慮，有人認爲那是文學的商業化、庸俗化，將使文學作品成爲消遣，逃避或幻想的替代品，於社會人生無益，所以是病態的、不良的現象，宜鳴鼓而攻之。

然而事情果眞如此簡單嗎？當一位自認爲非常敬業而且在寫作上自律甚嚴的女性作家，在遭受嚴厲的批評之後，火氣十足的反控男性批評者，我不以爲那是一個性別對抗的問題，它其實反映了我們社會長期以來存在的一種文化衝突：嚴肅文學與通俗文學、藝術歌曲與流行歌曲、嚴肅電影與商業電影之間所存在的文化兩極對抗。這是另外一個問題，但無論如何，女性文學並不等於通俗文學，女性作家也不等於流行作家，這是無可置疑的。

事實上，許多女性作家早就走出閨房和廚房了，女性文學早就有了新的發展。假如今天還有人認爲女性文學全都是委婉纖柔的閨秀派，那麼他不是性別歧視，就是東向而望不見西牆。

政府遷臺的初期，出現文壇的女性作家，幾全是由大陸來的，她們經歷過一場空前未有的時代大動亂之後，怎麼還會大作白日夢，呢喃自語呢？再加上整個文壇的戰鬪氣息，自然使她們的作品也有家國的懸念、亂離的悲吟以及對於現實生活的關切，像林海音、孟瑤、張秀亞、潘人木、徐鍾珮、鍾梅音等人的作品中，或多或少都出現過這樣的主題。

齊邦媛教授在一篇題爲〈閨怨之外——以實力論臺灣女作家〉的論文中就曾說過這樣的話：「由最早出版的女作家作品看來，在臺灣創作的中國現代文學是個閨怨以外的文學，自始即有它積極創新的意義。」

除了孟瑤、林海音等大批女性作家繼續不斷創作以外，六〇年代新出現一羣女性文學的新生代，日後她們也都在文學上極有成就。她們是於梨華、叢甦、歐陽子、陳若曦等《現代文學》的健將，以及光復前後出生的張曉風、喻麗清、蔣芸、楊小雲、施叔青、季季等人。無疑的，這些女將們的文學視野更寬，題材和技巧都有了新的開拓。至於七〇年代崛起的更新一代，像心岱、李昂、洪素麗、蕭颯、蕭麗紅等一大串響亮的名字，都已經在廣大的讀者大眾心中留下深刻的印象。她們各有特色，各自擁有一片天空，非常值得我們去探索她們的文學世界。

女性文學多元化

現階段女性文學的多元化是可以理解的，教育背景、成長環境以及工作場所的不同，都有決定性的影響。我無法在這裏做個別的分析，僅分別就各文類概略的加以說明：

在詩方面，女性詩人的作品一般都比較具有傳統的抒情風味，纖細婉約，蓉子和席慕蓉就相當典型。但也有頗具超現實傾向的羅英；有身在美利堅卻同時用詩和版畫緊緊擁抱臺灣這一塊土地的洪素麗；有風格獨特，擅於嘲弄、質疑或批判外在客觀現象的夏宇。

小說方面更是多采多姿了，李昂勇於去探索兩性關係的根本問題；廖輝英把婆媳問題提昇到社會層面去剖析，曾焰含淚含恨寫象徵著人間苦難、民族哀愁的美斯樂和滿星叠；周梅春和陳艷秋帶著飽滿的鄉土情感去寫農鄉生活；蕭颯對於日趨嚴重的青少年問題表示最大的關切。

在散文方面，琦君「寓嚴密深廣的思想情感於平淡明朗的文體之中」（楊牧語）；張曉風「文氣之旺，筆鋒之健，轉折之快，比起一些陽剛型的男作家，也毫不減色」（余光中語）；陳幸惠「在充滿美感的藝術形相之下，寄託著教化的意圖」（顏崑陽語）。而在報刊寫方塊雜文的薇薇夫人、魯芝（趙淑敏）、黃碧端、李昂等人，也都筆力雄健，各有其關切對象，比起男性作家，毫不遜色。

而向來是男性天下的報導文學和文學評論兩個範疇，女性作家也不讓鬚眉，扮演非常重要的角色。前者像心岱、韓韓、馬以工、陳怡眞、胡台麗、夏祖麗；後者像齊邦媛、歐陽子、叢甦、林文月、方瑜、鄭明娳、張素貞、龍應台等，都有非常傑出的表現。

最後，不得不附帶一提的是兩位對於書市行情、文學史料一直付予最大關心而且努力不懈的女性作家，那就是應鳳凰和鐘麗慧，一方面是由於興趣，一方面也是使命感使然吧，我想後代的文學史家會感激她們的。

結語

關於「女性與文學」、「女性文學」、「女性主義文學」、「女性主義文學批評」等課題，似乎可以發展成爲文學研究的一個新範疇了，當然研究社會科學的人也可能會對這個問題感興趣。毫無疑問，這是女權運動興起以後的產物，在臺灣，似乎也無可避免的要去面對它了。尤其女作家的書一暢銷，排行榜上居高不下，自然成爲注意的焦點，更可能被討論。

不過，要討論時得注意，態度非常重要，嘲笑、譏諷或漠視，只會讓自己喪失立場，徒然製造一些不必要的糾紛而已。

然而，有人根本就反對有「女性作家」這回事，說「沒有女作家，只有作家」，或者「作家只有好作家和不好的作家之分，而不應論性別」。說這些話、持這主張的人自有其秉持的理由。不過，除非我們反對男女有別，否則作家而分男女，在相關問題的研究上，可能是一種需要，至於女性作家在寫作時，是否會（或「要」）意識到她是「女性」，我想這並不重要，她只要關心該寫什麼，該怎麼寫，就可以了。

（七十五、十、六《中央日報》海外版副刊）

對國軍文藝工作的建言

民國肇建以後，我們的國家一直都處在戰爭的狀態，相對應這樣的時代環境，現代的中國文學必然存有血淚交織的戰爭文學。以文學去處理戰爭素材，除一般作家，必有能夠橫槊賦詩的軍人；不論平時，或戰時，這些軍隊中的作家面對與一般社會迥異的軍旅生活，執筆爲文，必有其特殊的風格在焉，乃是無可置疑的事。

民國三十八年，中樞遷臺，身負復國建國、執干戈以衛社稷的國軍中，不乏懷抱文學熱情的年輕作家，爲我們所熟悉的，如寫詩的洛夫、張默、瘂弦等，寫小說的司馬中原、朱西寧、段彩華等，眾多正值青年的作家，身在軍旅，崛起文壇，受到廣泛的注意，他們全部遠離家園，目睹河山變色，自我的生命處境和整個大時代的環境緊密結合。在這樣一個歷史情境中所形成的與軍隊息息相關的文學傳統，當然非常珍貴，值得重視。

另外，在臺灣成長的新生一代，他們進入軍校，或者入營服役，由於年輕的生命比較容易接近文藝，運用一些有效的辦法，適度給予輔導，應該有其必要。

基於上述的理由，國防部總政治作戰部在民國五十四年成立「國軍新文藝運動輔導委員會」，確是明智之舉。在此之前，該部早就不斷在軍中推行文藝工作，期能結合文藝與武藝，陶冶國軍官兵的性情、激勵他們的戰鬥意志。而在這個輔導委員會成立以後，召開國軍文藝大會、舉辦國軍文藝金像獎等大型文藝活動，更有計畫推動的軍中文藝工作，確曾獲得豐碩的成果。

本文寫作的目的主要不是敍述有關國軍新文藝運動的發展，而是想利用這一次國軍文藝工作研討會召開之際，以一個文藝觀察者的立場，提供一些觀察心得。

首先我們知道，在根本上，軍中的文藝工作是屬於「政治作戰」的範疇，往外是要提筆上陣，向「殘忍血腥的赤色文藝」宣戰；往內是思想的宣傳與教育，性情的陶冶與心靈的純淨化。在政府遷臺的初期，甚或其後的二、三十年間，我們很能夠了解這種想法與做法的重要性，但最近幾年來，一方面解嚴以後的社會正在重構新的秩序，在急劇的變化中，各種資源都在重新分配，在文學的園地裏，諸多向禁區的寫作嘗試，正考驗讀者大眾的閱讀心態與能力，另一方面，大陸政策開放以後，海峽彼岸的神秘面紗已被揭露，和中共的「作戰」無可避免的變成「競爭」，在這種情況下，重要的已經是文藝的質和量的問題了。基於此，我們如何盡量促使文藝發揮其活潑性和自由性，除了開創更好的文藝環境，以優秀的文藝形式鼓舞人性往上躍昇，也透過文藝作品去深化對大陸的認識，同時試圖以文藝去處理兩岸人民在長期隔絕之後複雜而微妙的相互關係，這些都可能是我們的時代新課題了。

隨著時代的進展，軍中文藝工作顯然已經走到一個轉變的關口了，在觀念上，原來的作戰目標雖沒有消失，但性質已變，所以運動方式也不能不加以調整，這一次研討會應該在這方面多集思廣益，我甚至於有一種比較大膽的想法，那就是所謂「對匪作戰」的文藝工作，根本就可以完全「民營」，軍中文藝工作的重點可以擺在將文藝與武藝結合上面，終極目標是使國軍官兵加強人文素養與文藝情操。

以下的看法純是書生之見，僅供有司參考，並邀文學同好一起思考。

在組織方面，根據「國軍新文藝運動推行綱要」表示，是在國防部成立「國軍新文藝運動輔導委員會」，設委員若干人，下設文藝理論等七類研究執行組，總司令以下各依軍種特性及實際情況，設輔導分會及地區文藝工作者聯誼會。這裏面實際的運作狀況，我們不得而知，但對於各類研究執行組，很大的可能皆已形同虛設，以前還見到過一些零星的活動和出版品，譬如「詩歌研究會」辦詩歌朗誦，「文藝理論隊」編印《文藝論叢》，「散文研究會」編《興寄煙霞》等，近年幾不聞聲響，是否已撤消了？於今之計，不是重整，不然便是解散，強化「輔導會」組織及功能，繼續策劃、執行文藝工作。

在作法上面，前述「綱要」明訂「欣賞」、「創作」、「活動」三方面的「輔導」，條目亦細，切實去做，不難見到功效，但執行的情況如何，不免令人疑慮，譬如協助官兵出版作品、舉辦定期函授等，到底可能不可能做到，實有必要全面評估。

在這裏謹提出三點建議：

㈠關於國軍文藝金像獎：首先，關於參選條件是否包含現役軍人以外的後備軍人及軍眷等，是一個可再爭議的問題；其次，有關每年徵文皆訂有主題，有所規範，對於競賽實有其必要，但主題之訂，宜有彈性、具包容性，創作一事最重要的原則是自由，規定太窄，束縛文思，而且「輔導」出來的作品常缺乏活潑性，所謂思想性、藝術性自有評審把關，不至於脫軌；再者，作品的發表要經過規劃，著重影響面的擴大，「金像獎叢書」的出版，速度應快，而且應有作者詳細介紹和評審意見。最後，不妨考慮另由評審委員或各級單位提報一些已發表過的作品，會審後頒給甄選獎；對於一些推動軍中文藝運動有功的人員，也可以考慮給特別貢獻獎。

㈡關於軍中文藝講座：在前述輔導辦法中有所謂「定期講座」，作法有二：一是在軍中電臺開闢節目，一是請人到部隊演講，此二者的功效非常有限，自不待言，我建議充分利用莒光日電視節目，這是一個可以廣收效果，又可以改善此節目，至於如何製作？執事諸君激盪一下腦力，提出企劃草案應非難事。

㈢關於官兵文庫：目前連隊書箱的制度實行的情況如何不得而知，但早已知國防部總政治作戰部有充實官兵文庫的做法，對於基層文藝工作的推動，這當然是良策，但選書作業如何做到眞正的「有效」，則需要經驗和智慧，其實也可以經由營連普查，或聘專家成立一選書小組。如能以官兵文庫爲核心，進一步去規劃國軍基層文藝活動的推展辦法，則更是好事。

在「國軍新文藝運動輔導委員會」的主持之下，二十多年來軍中文藝工作一直穩定地進行，我們盼望它能適應社會之變遷，不斷調整作法，採取更活潑的運動方式，避免流於形式化，以達成既定的運動目標。

（七十八、十、三十一《青年日報》副刊）

談公辦文學雜誌

當文學的創作或論述之成果，得有各種進步媒介有效地傳播，我們整個文學的活動便有了一個全新的結構，必須重新加以詮說，而最好的詮說之觀點正是日愈受到重視與爭議的「傳播」。

從傳播的角度來論述，即從作者、作品到讀者的複雜且互動之關係，一個新學科可以建立，它叫「文學傳播學」。由於文學係以文字做爲最基本的表現媒介，所以它自然而然結合並有效運用印刷傳播媒介：圖書、報紙、雜誌。分別處理文學和它們之間的關係，在今天都可以建立有關文學的學問。

以雜誌來說，「文學雜誌學」所要研究的包括文學雜誌的理論，批評和歷史諸課題。在理論的部分處理文學雜誌的性質與功能、製作方法與過程、類型問題、媒介活動的基本結構以及文學雜誌與文學發展的關係；在這些理論基礎上，配合有關文學的內容與外緣之因素，便可從事文學雜誌的實際批評以及歷史研究。

2

本文如果是一篇嚴肅的學術論文，其實應屬於特殊性質文學雜誌歷史的斷代研究，時間是一九四九年以後，雜誌則限定在公辦性質的雜誌。前者沒有什麼問題，一九四九對中國來說是一個驚天動地的大變動，對臺灣來說更是一個關鍵年代，可以做爲斷代的上限。但後者因牽繫整個中國和臺灣地區社會的特質，需要加以說明。

這裏所謂公辦文學雜誌，以臺灣來說是指黨、政、軍、團四種有關單位所直接經營的文學雜誌，它通常是編列預算，或立機構聘請或委派負責人的做法。由於我們深知媒介活動存有其基本結構：受到組織、編輯人、作家、讀者不同程度的支配和影響，而它們彼此之間又很可能會有各種複雜而微妙的關係。主辦這些雜誌之「公」（組織）何以要「辦」（立刊宗旨），其表面的理由及潛在的目的是什麼？在在都值得追蹤探討，而實際執行者（編輯人）、又編出什麼形式和內容的刊物？開放或保守？組織本位或是全以文學做爲考慮？也都是有必要加以研究的。

這樣的文學雜誌對於文壇究竟有什麼樣的貢獻，繫聯整個文學的發展，究竟該如何去定位，研究臺灣文學社會和發展歷史的人不能不在詳實的資料基礎上，審愼地去研究。

3

四十年來，臺灣到底有多少公辦文學雜誌，下面這張簡表應能提供一些線索。

刊名	創刊日期	發行單位	停刊日期	期數	備註
軍中文摘	39. 6. 1.	國防部政治部	72. 6.	三二七	軍
文藝創作	40. 5. 4.	文藝創作出版社	45. 12.	六八	政
文藝月報	43. 1. 15.	中國新聞出版公司	44. 12.	二四	黨
幼獅文藝	43. 3. 29.	幼獅文化事業公司	發行中	四三六	團
文藝月刊	58. 7. 7.	文藝月刊社	發行中	二五〇	
中華文藝	60. 3.	華欣文化事業中心	74. 4.	一七〇	政
文訊	72. 7.	文藝資料研究及服務中心	發行中		黨

國防部所辦的《軍中文摘》在四十三年元月易名《軍中文藝》，四十五年四月易名《革命文藝》，五十一年三月易名《新文藝》，發行至七十二年六月出版到第三二七期叫停。從這一份刊物的變化之過程，可以看出軍中文藝工作的發展；《文藝創作》其實是配合「中華文藝獎金委員會」所辦的，是張道藩先生在政府遷臺以後最主要的文運工作，在五〇年代發揮相當程度的作用，主導過一代之文風；發行《文藝月報》的中國新聞出版公司屬於中國國民黨中央，是張其昀先生所主持的文化事業，它另發行《中國一周》，影響甚大，《文藝月報》由虞君質主編，共發行了二四期；《幼獅文藝》原是中國青年寫作協會所主辦，十二卷第六期（民四十九年六月）起改隸幼獅文化公司發行，是中國青年反共救國團所屬的文化事業，對象是青年，一直發行到現在，它歷經變革，不同階段有不同的作風，以朱橋時期（五四——五七年）來說，「寓教化於藝術」（葉珊語），是「第一流青年文藝」（許常惠語）。創刊於五十八年七月七日的《文藝月刊》發行到三四〇期（七十八年七月）正好是二十年，現在仍穩定發展中。創刊時的經費來自國防部總政戰部、中國國民黨中央第四組以及教育部、臺灣省教育廳、臺北市教育局等單位，而以民營方式經營，前後兩位發行人是曹敏先生、李明（尼洛）先生，主要發行對象也是青年；《中華文藝》是行政院國軍退除役官兵輔導委員會辦的，從六〇年三月到七十四年四月總計發行一七〇期，以退除役官兵等發行對象，卻是一般文藝刊物的編法，製作過幾個重要的專號（短篇小說、詩、散文、文學批評），頗獲文學界好評。《文訊》由中國國民黨中央文化工作會所屬的文藝資料研究及服務中心發行，七十二年七月創刊時的宗旨是溝通文藝界，最後還逐漸發展出文學史料學研究工作，做了許多大專輯，對當代文學的研究有一定的貢獻，發行到第三九期（七十年十二月）改版，內容調整成綜合性藝文刊物，文學還是其中的主要部分。

4

由於臺灣特殊的政治環境，公辦文學雜誌曾影響過整個時代的文風，有部分也是公辦的綜合性的刊物像《暢流》（鐵路黨部）、《拾穗》（中油公司）、《自由青年》（國民黨中央青工會）等都非常重視文學，另外也有一些表面上是民間辦的，可是經費來自於公家，像《文學思潮》（六十七年四月——七十三年四月）是青溪新文藝協會辦的，但經費由國家文藝基金會撥用。

可以預見的是，隨著整個社會日愈開放逐漸多元化，公辦文學雜誌必然愈來愈少，文學原就是文學人的事業，政府政黨干預愈少愈好，但是文學刊物在經營上普遍的困境，黨、政兩方實不應漠視，畢竟文化是全民的事，是整個時代的事。

回首文學雜誌的歷史，如何定位這些公辦刊物是現時文學史家的一大挑戰。

（七十九、五《幼獅文藝》四三七期）

尋找新的詮釋體系

八十年代臺灣政治的發展有兩個重要的動向，一個是在既有體制內部進行革新，一個是向既有體制挑戰，進行奪權行動。二者根本的立場不同、作風迥異，認同與支持者亦壁壘分明。對於文學來說，不論是在理論或是在實踐上都產生巨大的影響，於是「臺灣文學」有了相對的解釋，一邊是堅持新文學的歷史傳統及原有的「中國性」，同時肯定在特定的政經條件下「臺灣文學」確有其獨特的區域性色彩；另一邊則急於擺脫「中國性」，建立獨立自主性的文學傳統，甚至於從根本表現媒介入手，要以「臺語」代替「中文」。前者活動的空間比較大，後者旗幟鮮明，防衛性和攻擊性日愈擴增。

從和大陸的相對關係來看，在七十年代最後的一兩年開始，中共對臺政策改變，和平攻勢頻仍，於是「臺灣文學」在大陸成爲一個獨特的範域，被發表、出版、討論和研究，從充滿政治色彩到比較可以客觀地去面對，其演變的經過，已經是一個可以階段化的歷史，而以今年（一九八九）的六四天安門事件做爲一個令人哀痛的結束。而臺灣對於大陸文學的情況也幾乎同步發展，從大量「傷痕文學」的引入（一九七九）到充斥書肆的大陸作家作品集，在對待的態度上，從把它視爲「匪情研究」的對象，到可以舉辦學術研討會去公開論辯，其正常化非常令人欣喜。

這中間自有政治因素做爲主導——執政當局採取日益開放的政策，包括黨外組黨、解嚴、港澳觀光限制解除、開放大陸探親等，影響所及，像社會上一貫道解禁、教育上中學生髮禁解除以及在交通上的路權和航空權的開放等都是，於是各種社會力遂奔放成一條一條洶湧的河流，不易疏導了。再加上過去長期開發經濟所孕生的弊端在八十年代紛紛暴現：自然生態被破壞、生活環境汙染；舊有的純樸農鄉解體、新的勞資糾紛形成；人們競逐金錢遊戲；短視近利到令人難以忍受的地步……

於是，飽含向執政當局抗議的所謂「政治文學」蔚然成爲一股寫作風潮；關切自然生態和生活環境的作品日漸增多；原被視爲閨秀派的女性作家發出了女性觀點的昂揚聲音，甚至於突破了「性」的禁區；新的都市文學、返鄉探親文學、深入校園內部反映教育問題的文學等紛紛出現……

在另一方面，文學商品化的整個過程，包括出版社、書報社、書店等環節都改變了經營形態，用最美麗的包裝、成立百貨公司式的書店，辦舉新書發表會、設計暢銷書排行榜等，極盡所能地去促銷。

新一代的文學人力也出現了，當他們還在校園蓄勢待發，出版社就找上門了，於是他們很快和商業體系結合，成爲市場的寵兒。

這就是八〇年代臺灣的文學界，在政治立場上，是左是右，是統是獨，一般來說是很清楚的；在文學體質上，是嚴肅是通俗，卻已經很少有人去分辨；在表現上，寫實不寫實，現代不現代，可能都不重要了。後代的文學史家如何去面對它，可能要看九十年代如何發展，才能找到一個比較合理的詮釋體系了。

（七十八、十一、二十二《聯合報》副刊）

八〇年代的臺灣文學

——以文學出版爲中心的討論

八〇年代已經結束，而就在去年年底，臺灣舉行了解嚴之後首次明顯政黨對抗的大選；在此之前的幾個月，中國大陸發生了震驚全球的六四天安門屠殺事件；而放眼世界，東歐共產陣營在近期間幾近土崩瓦解，自由民主的呼聲響徹寰宇。站立在這樣一個特定的歷史時刻，回思過往的十年間，在臺灣這一塊土地上所發生的一件又一件的大事，我們感覺像是行舟在急水溪中，面對著隨時都可能翻船的命運，以及兩岸眾聲的喧嘩，有一些興奮，有說不出的緊張，更有太多的憂心，只能期待早日抵達陽光燦爛而且繁花盛開的岸邊。那時，繫不繫舟已經不那麼重要了，因爲這段奔波的旅程，我們走過了，而且即將回溯，在層層經驗中去發現屬於臺灣特有的智慧。

在這篇文章裏我將以個人長期關心、觀察臺灣文壇現象與文學發展的結果，提出簡單的報告，希望我的分析，能提供一些思考的線索。我原來是打算從量上依年度、文類、作者、出版社等方面去統計，然後交叉分析，並盡所能在質上面做比較多角度的試探，但由於有部分的資料有點問題，一時之間尚無法做到最完備確實的地步，所以本文改以一般論述的方式，酌情參閱一些數據，對於它們可能有的誤差，我感到遺憾，不過我將盡量避免獨斷式的結論。

在實際討論之前，我想有必要將八〇年代臺灣的文學環境先做報告。

這裏所謂的「文學環境」，係指提供文學生存與發展的空間，其中有關政治、經濟、文化等各方面的人文活動，和文學的關係非常密切。我們幾乎可以這麼說：什麼樣的環境就會產生什麼樣的文學，而一個時代的環境狀況也會以各種方式顯現在文學活動（含作品）之中。

要對斷代文學環境做考察，無論如何是必須把這個時代納入更大的歷史脈絡裏面去看，所以要了解八〇年代臺灣的文學環境，把八〇年代孤立起來是很難看清眞相的。當然，我們也不可能鉅細靡遺去溯源，這裏的簡述可以想見是很不周全的。

眾所周知，一九四九年以後的臺灣是在美援（軍事、經濟）之下逐漸穩定發展的，在政治、社會方面力求安定，在經濟上極力開發，由於後者的成功，便也連帶著促進了政治結構的調整和社會的變遷，但在外交上卻又不斷遭受到挫折。

進入七〇年代以後，在對外的關係上，我們退出了聯合國（一九七一），和日本斷交（一九七二）、和美國斷交（一九七九），這基本上是臺海兩岸鬥爭的結果，情勢顯然對於在臺灣的國民政府非常不利，所以更有必要對內經營，於是在五〇、六〇年代的基礎上，推動十大經濟建設，發展電子資訊，但由於面對大陸中共政權，處在外交挫敗之際，在各種複雜因素影響之下，光復以後逐漸形成的反對力量終於在七〇年代後期展開比較有規模而且激烈的抗爭，因此，而有中壢事件（一九七七）、美麗島事件（一九七九），對於國內政情造成巨大的衝擊；而在大陸，七〇年代的前期仍處於文革的風暴中，中期稍後「粉碎了四人幫」（一九七六），審判、批鬪，文革乃至於中共統治大陸的傷痕，赤裸裸地呈現在世人的面前。

然後就跨進了風起雲湧的八〇年代，在政治上，國民黨採取較開放的治國方針，終於廢除戒嚴（一九八七）、開放大陸探親（一九八七）、解除報禁（一九八八）；而美麗島事件之後民間的反對力量不斷再整合，新一代的反對人物也出現了，抗爭的策略與方式有了很大的變化。然後民主進步黨、工黨等政黨成立，政治對抗的規模更大，結果是在野的民進黨在八九年十二月大選取得了小小的初步勝利。

在社會上，從事社會運動的團體陸續成立，像「消費者文教基金會」（一九八〇）、「自然生態保育協會」以及以「婦女新知」爲首的婦女團體等，一方面表現出充沛的社會力量，也充分顯示我們的社會進入八〇年代以後到處都充滿了問題，諸如層出不窮的仿冒事件、自然生態被破壞、環境被汙染、雛妓問題等；而經濟、財稅體制的不健全，也使得整個社會的經濟活動出現不少病態現象，人們競逐金錢遊戲，短視近利、浮華奢靡到非常可怕的地步了。

很顯然，五〇年代以降長期發展經濟而忽略文化建設的後遺症，在八〇年代紛紛暴現，一九八一年成立的行政院「文化建設委員會」並沒有在物慾橫流、價值觀錯亂的八〇年代收到明顯而立即的功效。但整個的大環境，對文學的發展來說，其實是利多於弊。

首先就作家在創造方面有關題材的選擇和主題的經營上來說，由於社會日愈開放，文學的空間乃逐漸擴大，各種過去被視爲禁區的領域都已被突破；文學作家各盡所能的表現，形成文學花圃的百花齊放。

其次，由於整個社會的商業活動都朝向企業化的經營管理，出版社、書報社、書店等有關文學的生產與銷售系統都無可避免的受到影響，於是圖書重包裝，紙張的選擇、內頁編排和封面的設計有了革命性的變化；而行銷也更講究策略，新書發表會的目的亦無非此，作家與讀者見面的機會日多，雙向的溝通對於文學的寫作影響不小。不過，由於書籍新的經營理念，即是把文學視爲商品，既是商品，就得具有通俗化和大眾化的性格，在這種情況下而使得通俗文學大行其道。

除此，傳播科技的進步並普及（電腦排版、傳眞設備等），使得文學作品的製作和傳播速度加快，文學的活動形態無可避免地會產生變化，跨國文化傳播在媒體編輯有效的運作下，速度驚人而且質量皆有人幅度的成長。另外，經濟成長、國民所得提升，使得文學書籍的消費能力也有相對提高的迹象，文學的大套書得以出現市場是一個可見的明證；而教育水平的提升，亦應有助於接受比較嚴肅的文學。但在這兩方面卻令人非常不滿意，主要的原因是社會浮華功利、電子聲光的傳播媒體大量佔領我們的生活空間，文字厭食症已經成爲一個令人擔心的時代病。

總之，八〇年代臺灣的文學環境極具特色，它不同於前此的每一個世代，利弊得失，消長變化，都有待我們更進一步去做比較精細的檢驗。

中國自晚清以降，尤其是三、四十年來臺灣的文學活動，不論是作者的創作行為，或者讀者針對文學現象所作的論述活動，一般都是經由：寫作——發表——出版的進程，每個環節都值得論究，但是最終的成果檢驗比較常落在出版品上面，如果要全面了解整個時代的文學發展，這當然是不够的，但經由出版品的調查，配合有關現象去從事分析，可以掌握比較多的實際狀況。

這裏所謂「出版」，係指文字書寫以後，經由編輯、印刷，而以書的方式出現的過程，大體來說它有一個機構——出版社，和作者之間存在著契約關係，他們共同合作生產製造；和讀者之間則是廠商／消費者的關係，基本上它是營利的，但也是一種文化事業，對於文學的發展影響至深且鉅，做爲檢驗文學是一個非常好的指標。

根據一項不太完整的統計，八〇年代文學書籍的出版總量超過五千六百種，平均每年的出版量大約四百七十種；有書出版的作（編）者每年平均大約四百位；就文類而言，散文和小說的量，遠遠超過其他文類，而散文又略多於小說，戲劇可以說是稀有文類，聊備一格而已。

就出版社來說，每年大約有一百家出版機構出版文學書籍，但能維持穩定出書狀況而且營運狀況良好的，可能不及一半，有不少出版社以壯烈的倒債方式結束（像水芙蓉、四季等），有一些則默默消失（像長橋、蓬萊等），也有不少新的出版社投入文學出版行列（像圓神、大雁等），也有新加入而且大量出版文學書的老出版社（像希代、光復等），皆各有出版路線，與發行人或總編輯（主編）的志趣和品味息息相關，譬如說遠流出版社今年在陳雨航主持之下開發了「小說館」系列、合森文化公司在蕭蕭策劃下出版了「散文村」系列，其他出版社也都有其明顯的走向，如聯經出版公司的「現代小說叢刊」、「聯經文學」，時報文化公司的「人間叢書」，爾雅出版社的「爾雅叢書」，大地出版社的「萬卷文庫」，洪範書局的「文學叢書」，駿馬出版社的「駿馬文集」，九歌出版社的「九歌文庫」，漢光文化公司的「漢光文庫」、前衛出版社的「前衛叢刊」等。

整體來看八〇年代臺灣的文學出版品，主要的傾向是形式重包裝，內容則輕薄短小。關於前者，前面也提到過；後者，則實際表現在短篇小說和小品散文佔了主要市場這一點上，尤其是極短篇的小說和散文頗有成爲書市寵兒的現象，舉例來說，聯合報副刊提倡極短篇（小說），出版了四本選集，爾雅出版社也極力發展，出版了愛亞、鍾玲、雷驤、袁瓊瓊、羅英、喻麗清、陳克華、邵僩等人的小說極短篇；在散文方面，《八百字小語》（文經社）、《散文極短篇》（號角）、《短歌》（晨星）、《每日精品》（蘭亭）、《愛的小故事》（時報）等都是，最近格言式、語錄體一類的《心的掙扎》（隱地，爾雅）、《十句話》（爾雅）、《智典》（一葦）、《證嚴法師靜思語》（九歌）、《一行兩行情長》（蕭蕭，漢光）等。這樣的文學現象曾引起某些評論家的不悅，但對於讀者大眾來說，至少它們提供現代社會中忙碌人們一種還比較可能接受的出版品，尤其是這些作品都帶有一些人生哲理，編排雅致可觀，實在不必加以指責。

當然這並非表示就沒有長篇，《自立晚報》舉辦的百萬小說徵文，逼出了不少長篇小說，已出版的像黃凡的《傷心城》和《反對者》，呂則之的《海煙》和《荒地》；其他各報副刊的連載長篇泰半也都出版了。下面這一大串作家名單是順手舉來的，他們在八〇年代都有長篇：田原、司馬中原、鄭清文、李喬、華嚴、趙淑敏、陳若曦、張放、呂秀蓮、姚嘉文、楊青矗、張系國、楊小雲、朱秀娟、廖輝英、蕭颯、張大春、蘇偉貞、蕭麗紅、鄭寶娟、林雙不、許振江、李永平、杜文靖、林剪雲、陳燁等。正確的數量遠超過於此，我們發現，小說家一般都有寫長篇的企圖，尤其是部分理想色彩較濃的作家都了解，在臺灣這一塊充滿滄桑的島嶼，面對著急速變遷的社會，以及臺灣——大陸——海外之間的複雜而微妙的關係，要處理大題材，表現大主題以及雄渾的氣勢，非長篇不可。關於長篇小說這個文學範域，值得大家注意。

從上面那一串名單，我們可以發現，文壇既有老將，亦不乏新秀，而後者已成爲市場負正的主力。是的，八〇年代臺灣的文學人力，相對於七〇年代有結構性的變化。七〇年代陸續出現文壇的作家，進入八〇年代以後，不少人以文學專業的身份，在校園積極從事文學教育的工作，或者進入傳播體系，執掌編政；另外，各種文學競賽使得新人輩出，這也跟前二者有很密切的關係。整體顯示出新的文學人力正不斷被大環境所養成——這是一件極重要的事，新人的出現，永遠都是文學發展最大的一種動力。

要探討這個現象，可以從文學獎的作品集入手，這一些當然也是文學出版品，像《聯合報》文學獎、《中國時報》文學獎、《明道文藝》和《中央日報》合辦的全國學生文學獎、《中央日報》辦的文學獎、《中華日報》辦的梁實秋文學獎等，都是作品先在刊物上發表，配合作者的照片、簡介，或加訪問，或附評審意見，最後再收入得獎作品集，部分的作品因此而被選入一些重要選集，該作者結集其作品出版時，亦常以此作爲訴求重點，或以得獎作品的篇名爲書名，就這樣，一個被期待的新人躍上文學舞臺，進入充滿競爭的書籍市場（八〇年代初的張大春、黃凡，八〇年代後期的楊照、李若男等都是）。

而老將們，以臺灣文學創作人力的結構來說，日據時代的作家以及由大陸來臺時已有文名的第一代作家，到了八〇年代，不少人早已凋零，老而彌堅的不多，但像臺靜農、陳紀瀅、史紫忱、紀弦、陳火泉、龍瑛宗等，都還有新書出版；五、六十年代出現而且活躍文壇的作家，沉寂的是有，但創作力仍旺盛的不少，像余光中、洛夫、向明、彭歌、子敏、張曉風、羅英、白先勇等都是，也有停筆多年又復出的，像鄭愁予、方思、劉大任等。

特別值得注意的是一些作家一方面仍不斷創作，另一方面也整編舊作重新出版，頗有就此寫定之意，像詩人余光中、瘂弦、羅門、管管、鄭愁予、楊牧、吳晟，小說家於梨華、白先勇、陳映眞、黃春明等。另外，像陳紀瀅《荻村傳》、潘人木《蓮漪表妹》、彭歌《道南橋下》等，以及張漱涵《海燕集》的重排新印，作品形同再生，在新人輩出，新書充斥的書市，更顯得意義重大。

3

從出版品看八〇年代臺灣文學，值得注意的現象很多，以舊作新印來說，除上所述，比較早期的新文學作品也穿上新裝和臺灣讀者見面，這當然是拜解嚴之賜，不過，一般來說，都缺乏規劃，老舍、沈從文、辛笛等人的作品，零星被出版，但里仁書局的《周作人先生文集》、遠流出版社的《胡適作品集》、風雲時代出版社的《魯迅作品集》以及海風出版社的《中國新文學大師名作賞析》等，雖不是十全十美，卻也顯示文學資料也在不斷受到重視。

和這個情況可以相提並論的是大陸作家作品在臺灣的出版，這是一個喧騰許久的熱門話題，如今已經可以成爲一個研究專題了，準確說來，十年來大陸文學在臺出版應從一九七九年開始，陸續有高上秦、葉洪生、阿老等人編出大陸傷痕文學的選集，並有由大陸逃往海外的多多、虞雪、金兆、楊明顯等人的作品出版，這可以說是第一個階段，政治性的考慮很重，作品主要是暴露文革的傷痕；但從一九八六年起，阿城、戴厚英、張賢亮、張潔、劉賓雁、祖慰、古華等大陸知名作家的重要作品以及各種選集紛紛上市，配合傳播媒體不斷地報導、評論，一時之間形成所謂文學的「大陸熱」，後來由於市場容量的飽和、讀者新鮮感的減退等因素而趨於平靜，到了一九八九年的六四，可以說有了階段性的結束，往後的發展，在劉賓雁、蘇曉康、老木等流亡海外的大陸作家來臺訪問以後，可能會有新的局面出現。

從傷痕文學出現到大陸各種文學作品在臺灣上市，在其中，「選集」很能提供重要訊息，圓神出版社的《中國大陸現代小說選》、藝術推廣中心的《中國大陸當代小說選》、敦理出版社《掙不斷紅絲線》（馬漢茂編）、洪範書店《八十年代中國大陸小說選》（西西編）、爾雅出版社《大陸當代詩選》（李元洛、洛夫編）、新地出版社《朦朧詩選》、海風出版社《大陸全國文學獎短篇小說集》（已出一九八三、一九八四兩年）、風雲時代出版社的《波西米亞花瓶》和《心祭》（李子雲編）等，都已經是非常嚴肅的編選作業下的產物，這一部分的文學出版，整體而觀，不難看出大陸所謂新時期文學的風貌。

不只是有關大陸文學的作品選集值得注意，從日據時代以降整個臺灣的新文學都可以從選集中看出大概，在八〇年代，特別重要的是年度文學選集和所謂的大系吧，爾雅的小說、詩、文學評論，九歌的散文，前衛的詩、散文、小說等年度文學選集，以及教理出版社的批判文存，圓神出版社的評論，如今雖剩爾雅的詩和小說，九歌的散文、前衛的小說、圓神的評論，但整體去看，對於這些精挑細選的作品，容或觀點互異，卻都非常珍貴。

比較起年度選集，大系所投下的時間和人力、物力都更大，由於中國新文學早有這個「大系」傳統，所以更值得觀察。其實所謂大系就是大規模的文學選集，一九八九年出版的九歌版《中華現代文學大系》（十五册）、希代版《新世代小說大系》（十二册）皆是大手筆，主要是爲了慶祝五四運動七十周年，在這同樣的目的之下完成的《現代中國小說選》（鄭樹森編，洪範）、《現代中國詩選》（楊牧、鄭樹森編，洪範）、《中國近代小說選》（莊信正編，爾雅），《臺灣當代小說精選》（鄭清文、李喬編，新地），雖然規模大小不一，但是都具明顯的主編取向，其編選準則也都反應出不同的文學觀點，可以專文討論。

八〇年代的選集特多，除上列頗具文學史意義，尚流行著比較明顯具有市場考慮的主題選集，由於量多類繁，不及備載。

從作家創作方面的選擇題材和經營主題等角度來看，八〇年代的文學出版品在大陸探親、文化尋根上面有一些表現，在政治與性禁區的突破上令人震驚，在參與環保、婦運上有不少成就，在當代文學的評論與研究上邁出了一大步，凡此都需要專題論述，本文由於時間和篇幅，尚無暇處理，只好期待來日再論。

（七十九、一、十《中國論壇》三四三期；七十九、六《臺灣文學觀察雜誌》一期）

對於未來文學發展的若干預測

檢討與展望永遠是各行各業乃至整個社會在某特定時刻必要的行動。基本上，檢討是「回顧」，是針對過往經驗的再經驗，是歷史研究，目的在於「鑑往知來」；而展望卽「前瞻」，乃是對於未來發展前景進行一種預測，旨在提示一種理想情境以做爲前進的指標，這樣的行動必須建立在過去及現在的基礎上。

這已經是一門學科——未來學，主要是對於未來的社會進行可能性的提出並分析，甚而針對各種預測從事研究。在文學領域，這是一個整合性新學科，稱爲「文學未來學」，除了以文學與社會之關係爲基礎建立系統理論，更重要的是實際進行文學預測。

由於未來充滿不確定性，文學預測一直存有很高的難度。通常我們都是在一些卽興式的談話中聽到一些片面的預測，有時也在回顧式的篇章中讀到少許對未來的展望。本文的「若干預測」也無法科學的舉證分析，只提出一些觀察、思考與期待，願關心文學發展的同好互相討論。

作家寫作，經由發表與出版，而讓讀者閱讀，這是現代的文學活動的基本結構。就文學的本身來說，主要是創作和評論的問題；而作品脫離作者這個創作母體之後，如何抵達讀者面前，被閱讀，甚至於被評論、研究，這是有關文學作品的發表與出版問題，是文學傳播。預測文學，必須注意到每一個環節，這裏先處理作家的寫作問題。

作家將其內在的情思或意志借文字書寫出來，這個行爲首先涉及到那些情思或意志怎麼會產生?和作者的性情、外在的社會環境到底有什麼關係?其次，他採取什麼樣的文字形式?表現什麼樣的主題命意?這是創作問題。本來，每一個寫作者都有其不同於他人的因素，但同一時代的人因同處於一個時空，彼此互相影響，所以會有其普遍的共同性，而形成所謂時代特性，探討文學史，或預測文學發展，很重要的一部分正是尋找這共同性。

八〇年代的作家到底寫了些什麼?這是一個龐大、複雜到幾乎無法回答的問題。但由於我們確信，文學可以記錄當代、書寫前代，所以當臺灣出現了嚴重的環境污染、自然生態無情地被破壞，就會出現重新反省人與自然關係的生態文學或環保文學；當政黨抗爭形成街頭運動，就會出現記實的抗議文學或政治文學；當婦運把男女平權觀念不斷宣揚，可是仍有婦女在社會或家庭受到不平等待遇，就會出現女性觀點的文學；當政府開放大陸探親、文化交流，自然形成探親文學，或文化尋根之作；當人們短視近利、競逐金錢遊戲、社會亂象畢現、人際極端疏離、人的心靈逐漸空洞化、性愛與婚姻愈來愈不能獲得合理的規範，文學就像鏡子一樣，一一把這種種現象反映了出來。

這些全是八〇年代的產物，有的作家帶著使命，自許是正義的代表，要以文學去對抗社會的不公不義；有的作家則只是在書寫心情、表現自我，然而卻可能在自然的情況下記錄了時代，在無意中批判了社會。由於作家形形色色，同樣的素材在不同的作家筆下，有了不一樣的處理方式，深度、廣度也都有所差異，文學的整體風貌也就因此而顯得繁富多姿。

然而，我們也必須了解，這並非八〇年代文學的全部，不過可以確信的是，這些作品是比較重要的，原因是它們緊緊扣住這個時代的社會環境，比較具有理想色彩。

另外一部分作品則走向趣味主義，頗具娛樂功能；一部分作品則竭盡所能暴露異常的男歡女愛，表現變形的性愛觀。它們共有一個現象，那就是輕薄，卻出之以易讀易感的文字，然後以最亮麗的包裝去促銷，受到比較多讀者的注意。

這裏有一個值得注意的地方，那就是出生於六〇年代、成長於七〇年代，而在八〇年代走進文壇的新一代作家羣，他們在良好的經濟條件下成長，在文藝營、文學獎中受到注意和重視。由於時代的複雜性，抗爭有理，所以一些年輕作家遂走上激進的反抗路線；另有一部分作家很快地被以追求利潤爲目的的商業體系所吸收，被規畫設計成爲文學新星，文學商品的代理人制度隱約在形成之中。

由於八〇年代的後期，臺灣一方面處在天安門大屠殺之後的驚怒中，一方面眼見首次政黨大對抗的風波。進入九〇年代以後，三月學潮；總統、副總統選舉引發的主流派和非主流派的問題；因國是會議而使海外異議人士的返臺以及郝柏村組閣引發的狂潮；兩岸關係的加速變化，經貿投資以及各範疇各層面的所謂交流，由於個已利益，集體共識無法形成，政府又採取緩慢而漸進的政策，終於愈演愈烈，臺灣的籌碼大量流失，又乏良性互動，發展令人憂慮。

創作方向早已確定的作家，在九〇年代仍然會一本其文學與社會觀從事創作，他們走過從前，應更能看穿這時代的巨變，以及各種變與不變的東西，而寫下走進歷史縱深、反思文化與近代國人命運的比較大部頭作品。

一些年輕的作家，隨著年齡的增長、社會經驗的日漸豐富，尤其在八〇年代被稱爲「××族」的年輕女作家，應會逐漸放寬視野，改變寫作路向，但女性處境仍會是她們關切的主題，不過她們應較能深入人際核心與人性底層去探索根本的人的問題。

而最被期待的一羣更新一代將會出現，問題是他們將以什麼樣的方式躍上文壇？根據現況加以推測，文藝營和寫作班仍將扮演重要的角色，尤其《聯合文學》的「巡廻文藝營」和「新人獎」；短期內，《幼獅文藝》、《明道文藝》、《創世紀詩刊》、《藍星詩刊》等文學傳媒還將發揮作用；而在大學校園，由於新文藝課程有日漸受到重視的傾向，應也能培養一些作家，在校園文學獎中因得獎而被評審加以提攜；另外，在八〇年末已經換血成功的「中國青年寫作協會」，預料將在發現和鼓勵新人上面發揮很大的作用。

問題是他們將寫些什麼？以目前的跡象看來，他們將更不受規範，包括意識形態、文類的書寫成規等。我們相信，他們成長中臺灣社會的變象、過去歷史的眞相、變遷中的親子與師生關係以及資訊氾濫、商業投機等社會現實等題材，都將經由他們的筆尖技巧地呈現出來。當然，出版公司企畫案中的明星作家也會有，但人們將會用平常心去看待他們。

至於書寫的方式，寫實或者超現實，平舖直敍或者迂廻曲折，恐怕都不重要了，一些人追趕著流行，但也不一定不會出現復古思想，譬如重新經營十四行詩，或者改用章回體去寫產業間諜小說。

不過讀者會很累，卻也有點刺激和挑戰，所謂閱讀的快感與憤怒隨時都會發生。至於批評家，那可有得忙了。

文學作品的發表與出版涉及到一個交易的商業性問題，另外一方面則是作品的傳播流通問題，是探討文學與社會關係的文學社會學者所注意的焦點，這完全是一個現代社會的產物，它所形成的文學活動結構，是現代的文學研討所不能忽略的重大課題。

由於文學係以文字做爲表現媒介，所以它的發表與出版主要便是印刷（至於以聲音的誦或歌，或者舞臺上的演出等，關涉到所謂媒介的轉換或結合問題，不在此討論），通常發表是指經由報紙或雜誌刊載出來，而出版則是出版者將發表或未發表的稿件，經過有效的編輯和印刷作業，然後以書的成品進入市場。

臺灣在報禁解除（一九八八年一月）以後短暫的混亂現象已經過去，如泡沫一般旋起旋滅的新報，充分顯示辦報並不是「小本經營」，大報仍然屹立不搖，但過去那種文學副刊依附報紙而生存，而廣泛散發它的影響力的時代，可能即將過去，或是有所改變。

報紙增張以後，各種版面爭奇鬥豔，政治、經濟和社會的各種亂象皆以動人標題用心加以處理，吸引讀者的注意，在這種情況下，文學的版面終於退居到比較寂寞的角落，副刊相對於過去的強勢作爲，普遍呈現出弱化現象。

編輯人正面對這樣的一個挑戰：報社內部對副刊形成巨大的壓力，爲了配合報業市場激烈的競爭，免得被經營者把副刊視爲報份下跌的藉口，編輯人不得不費盡心思調整編輯方針，於是更強化企畫，構想一些新鮮刺激的專題、專欄，於是作家自由寫作的純文學作品，在大報副刊上遂大量減少，尤其比較長的小說和文學評論更是少見了，而有關社會現象的報導性、評論性文章和雜感式的短文則不斷增多。

這是大報的情況，一般的報紙副刊，到目前爲止，除了小說稿有些減少，社會批評的短稿略有增加以外，變化倒也不大。

但這種情況已經使得文學界興起一片感嘆之聲，認爲是文學式微了，不少人曾預言文學雜誌應可振興，成爲文學的主要傳媒，但到目前爲止，文學雜誌的地位並沒有提昇，重要作家的作品仍然在大報的副刊上。而在雜誌市場，面對五花八門的豪華刊物，其處境之艱困不言可喻。

然而，文學果眞式微了嗎？持此主張者顯然有所預設，首先，他已認定了什麼樣形態的文字組合才是文學，譬如說，文學一定要寫鄉土，詩和小說非常重要等等，但這是一定的嗎？其次，他很可能只檢查了少數媒體而已，所提出來的論斷當然有問題，因爲發表的園地並沒有大量減少，整個社會的文學需求很可能也沒有大變化，相反的，由於文學出版品行銷方式的不斷推陳出新，通俗作品的讀者可能會擴增，整體來說並沒有嚴重到要宣布文學式微的警訊。

任何時代都存有嚴肅與通俗的相投現象，尤其是目前，當一個現代化的文學市場已經形成，文學如果沒有「商品化」是不可能有市場競爭力的。所謂的「商品化」，當然不只是包裝，還有作品內容的顧客取向，在這種情況下，形形色色的出版品都會出現，排行榜上的暢銷書只代表社會的一般趣味與價值取向，所塑造出來的明星，常常只是一種流行，這裏面有一種所謂效應短暫化的現象，並不一定存有文學的永恆性價值。

雖然有不少出版社汲汲於追逐市場利潤，但因爲臺灣有一些出版人是作家出身，他們的文學品味和價值觀應有一定的水平，所以他們也出版嚴肅的創作和評論集，尤其是介乎嚴肅和通俗之間的成品，更是觸目可見。這個現象將會持續下去，許多人以銷路不好來否定其價值，從生產／銷售的角度來看，當然無可厚非，但衡量文學價值的複雜度遠超於此，那是文學批評和文學史的事，在論斷時，所謂的銷售量可能意義不大，最多只是一個檢驗項目而已。

進入九〇年代，由於治安亮起紅燈、景氣低迷，如今又碰上中東情勢緊急，可能引發石油危機，國內經濟無可避免將會出現極大困境。於是在最近，兩大報的營運都發出廣告發行萎縮的警訊，而不得不全面檢討它整個的企業，在這種情勢之下，平常負擔沉重的文學性副刊，是否還能長期維持下去，頗令人疑慮。

依我看，臺灣的報紙副刊很可能會在九〇年代產生大變化：首先，有的副刊可能被迫要走文化新聞和文化評論結合的路，緊扣時事（如《中時晚報》的〈時代副刊〉、《聯合晚報》的〈當代版〉）；第二，有的可能改走通俗知識和趣味結合的路（像《聯合報》的〈繽紛版〉、《中國時報》的〈寰宇版〉）；第三，至於純文學，有的報很可能改以周刊方式（如《中時晚報》的〈時代文學周刊〉，或像《中央日報》星期天的附刊方式）；第四，維持純文學副刊的當然會有，但在質上會有所變化。

文學雜誌的改變也是不可避免，目前情況較好的幾個刊物，像《聯合文學》、《皇冠》，由於背後的企業，以及努力求新求變，應可穩定發展；《推理雜誌》、《小說族》因為和出版社結合運用，維持現狀應不成問題；至於編列預算在苦撐的幾個刊物，處境危險。我個人比較期待同仁性質的小雜誌（包括詩刊），能因文學理想的堅持而形成文學傳播的主力。

作品的發表如果出現困難，則比較通俗的散文、小說則可能會分散到各種非文學性刊物之中，也很可能跨越媒體發表的階段，直接出版。至於具理想色彩的嚴肅文學，或實驗性強的作品，也很可能直接印刷成書，但它不是商品，而是精神活動的一種自我完成，如果形成一種風氣，未嘗不是一個特異的文學景觀。

預料在整個文學創作界，政府和政黨的影響力將會降至最低，一些老的文學社團將會死亡；當代的文學研究，極可能因校園研究系統的接納而大放異彩。

（七十九、九《聯合文學》七一期）

以不變應萬變

經濟不景氣對文學到底有沒有影響？答案當然是肯定的。因爲在整個文學社會中，從生產／銷售／消費的角度來看，文學作品的出版其實就是一種商業活動。通常是這樣：作家從出版社獲取版稅或稿費，出版社以有效的編輯與印刷作業，將作品製作成爲圖書，進入市場去販售以獲取利潤。在這個情況下，當經濟不景氣，圖書市場必然受到波及，出版社出書的意願、讀者的購書能力都普遍降低，對於作家的寫作會有不良的影響。

就作品發表的方面來說，原先做爲主要園地的報紙副刊，其在報業經營上的促銷功能逐漸受到質疑，所受於組織的壓力日增，不得不逐漸改變編輯方向，放棄一部分原來所擔負的文學責任，結果是一般作家的發表園地日益窄化。

經濟條件制約文學的發展，在當代已是不證自明的事。在當前不景氣的實況下，文學社會的表象必然明顯萎縮，但是我們不能不考慮到，不景氣很可能是短暫的現象，經濟復甦的機會仍然很大，而文學創作應是長期的事業，短線操作本來就不是正常現象，所以作家應有沉穩下來的耐心，更加謹愼地「生產」，寫好作品永遠是他的責任。

再說一個創作上的根本問題，那就是作家的心靈活動外顯成爲文字書寫的語言形式，其所對應的恆是外在的客觀現實。所以當經濟不景氣發生了，社會亂象很可能會到處暴現，正好提供了作家一個思索人性以及人的存在的較佳環境。換句話說，它有助於寫作行爲的深刻化。怕的是，作家也被捲入惡質化的社會亂象中，無法超拔出來以冷靜之眼去正視現實。

無可置疑，「創造利潤」已普遍成爲一般社會化行爲的主要動因。緣此，我們實在沒有理由期待作家把寫作單純化到只是一種自我的完成：相反的，我們希望藉著商業的推廣，更能夠把文學內部所蘊藏的潛在能量散發出去。不過，爭一時也要爭千秋，作家恆不能忘記，探索人生、思考人性，穿透一切的表象去看本質，最後出之以恰如其分的語言形式，永遠是寫作者追求的標的，以此不變的原則去面對多變的社會，又何必管他經濟上的不景氣呢？

（七十九、十一、十一《中時晚報》時代副刊）

1 文學，永遠是文學人的事

當代臺灣的知識分子，無可避免的正面臨一個時代的難題，那就是在解嚴之後威權鬆動的複雜變局中，他究竟如何自處？面對當前有關政治體制、兩岸關係以及社會秩序等問題時，他是否能把今天的現實擺進大歷史的格局中去進行深層的反思？去研析今日之所由來以及明日何處去等時代的課題？

當整個政局擾攘不安，社會亂象暴現，最迫切需要的是尋找一個集體共識，以做爲大家思考與行動的共同指標。這不是一件容易的事，需要政治家、學界，乃至於所有文化工作者，公開辯論，羣策羣力去完成。但無論如何，所有的意見必須建立在一個最根本的前提上：臺灣的安全與安定，政經健全發展。任何迫使臺灣陷入險境的因素，都必須設法排除。

我們以爲，如何建立在自身專業範疇的基礎上，去找到一個可以著力而且可能收到良好效果之處，對臺灣當前的知識分子來說，應該是最務實的一種做法。通常許多人都引頸企盼一個穩定的大結構體的建立，以爲一旦建立，則原來待舉的百廢皆自然可以完成。這種期待其實相當浪漫，雖然並不一定會破滅，但至少不是輕易可以實現的。

以故我們希望，在整建大結構之際，各個層次，各個範疇，都應該動起來，一方面反省自身的體系是否健全，一方面把自身納入大結構去思考一己之位置。

2

做爲一個臺灣當代的文學工作者，在這樣的時代裏，他將如何自處？如何對應複雜多變的政經現象？如何在自己的專業或興趣範疇，做出一些成績，而對於文學或社會人心又有貢獻？以一個創作者來說，正視變象，掌握本質，然後以之創作，書寫當代，應該是一件責無旁貸的事；以文學研究者來說，過去的研究對象與方法，應做全面性的深度檢討，並爲今後找到確實應行可行的道路。至於文學傳播媒體的編輯人，他如何以有效的編輯作業去掌握並導引時代脈動，更是我們的期待。

《臺灣文學觀察雜誌》（季刊）在此際出現，可以說應運而生。在八〇年代的臺灣文學界，從一開始有關「邊疆文學」的討論，中期有關臺灣作家定位問題的討論，一直到後期

「臺語文學」的討論等，都環繞在「臺灣文學」的解釋上面。大體來說，這一方面是延續七十年代後期的鄉土文學論戰以降文學思潮的流變，另一方面則是開始於一九七九年的兩岸文學接觸以後的必然發展，更重要的，這文學內部的糾葛對抗，受到現實政治、社會環境的影響是非常明顯的。在進入九十年代以後，隨著兩岸關係的互動變化，臺灣內部政經結構新的開展，文學領域也必然會有新的激盪。然而，文學之「是」究竟如何？臺灣文學到底會有什麼樣的變化？我們正以最大的關懷在仔細地觀察著……

3

長期的關懷與觀察，我們堅信臺灣已形成一個厚實而且多元複雜的文學傳統，和「中國古典文學」、「中國現當代文學」、「海外華文文學」，乃至於「港澳文學」之間，可以透過翔實資料的精細分析，找出彼此間的共同性與殊異性。而它自身的起源與流變、作家與作品、類型與風格、流派與社團等等文學研究上的課題，都已經到了必須有計畫去研究的時候了。而在過去，我們總期待政府、政黨，期待企業、基金會，現在我們終於醒悟過來了：如果文學是一種志業，它永遠是文學人自己的事；即便是能獲得奧援，做還是得自己來做。

也許這會是個契機吧！在臺灣，大學校園已開設有關臺灣文學的課，已在舉辦臺灣文學的研討會，已有研究生願意寫有關臺灣文學的論文；在大陸，臺灣文學的研究已發展了十年。另外，「東南亞華文文學」、「香港文學」等，都已經成爲漸受重視的研究範疇；各種文藝新學科也將不斷建立起來。在這樣的情況下，推動臺灣文學的學術研究，確有其迫切的需要性。於是，便有《臺灣文學觀察雜誌》的創刊。（本文爲該刊的發刊詞）

（七十九、六、十一《聯合報》副刊）

三民叢刊 1

邁向已開發國家

孫震 著

邁向已開發國家的過程中，先是追求成長與富裕，但富裕之後，仍有很多我們要追求的目標。作者孫震博士，曾參與臺灣發展的規畫，也對臺灣邁向已開發國家的前景充滿信心，但除了經濟上的成就外，作者更關心的是新時代來臨後的羣己問題、教育問題，正如這幾年來他所持續宣揚的——更重要的是邁向一個「富而好禮的社會。」

三民叢刊 2

經濟發展啓示錄

于宗先 著

在多年的高度發展以後，臺灣的經濟也併隨產生了許多問題；諸如經濟自由化的落實、勞資雙方的爭議、產業科技的轉型、投機風氣的熾盛等等，都是目前迫切的課題，本書作者于宗先先生，以其經濟學者的關心，對這些問題提出其專業上的看法。而這些討論，將更能爲臺灣進一步的發展提供可貴的啓示。

三民叢刊 3

中國文學講話

王更生 著

從「關關雎鳩，在河之洲」開始，中國文學匯流成波瀾萬千，美不勝收的滄海。坊間介紹中國文學流變的書籍很多，但大多以政治朝代分期，無視於文學本身一貫的生命，而把文學以政治分期的手術刀隨意支解；本書突破以往陳陳相因的格式，改採以文學體裁爲基據的敍述方式，將各種文體的流變以一氣呵成的方式介紹給讀者。以使讀者有遊目騁懷之快，也更能掌握中國文學整體的生命。

三民叢刊54

紅樓夢新解
紅樓夢新辨

潘重規　著

自蔡元培、胡適兩先生對紅樓夢熱烈討論之後，紅學已成爲文史學中的一門顯學。在舉世風從胡氏的自傳說之後，潘重規先生獨持異議，發表論文主張紅樓夢是漢族志士反淸復明之作，使學界對胡氏再做檢討，而開展紅學的另一新路。潘先生在香港新亞書院創設紅樓夢硏究課程，刊行紅樓夢硏究專輯，又於一九七三年獨往列寧格勒，披閱該處所藏乾隆舊抄本紅樓夢，發表論文，飮譽國際。歷年來潘先生與胡適、周汝昌、趙岡、余英時諸先生討論的文字及論文，今彙集爲「紅樓夢新解」、「紅樓夢新辨」重加校訂出版，使讀者能一窺紅樓夢作者之眞意所在，暨紅學發展之流變。

三民叢刊6

自由與權威

周陽山　著

自由與權威並不是對立的觀念。一個眞正的權威，是使人自願接受的力量，服從一個眞權威並不會使人感覺不自由，相反的，他是指引人們進一步思考、發展的助力。而一羣人獨立的自由，也只有在權威設定了自由的範圍後才得以維續。作者周陽山先生，探索有關自由主義、權威主義、保守主義及各種激進思潮在中國的歷程多年。在本書中，作者進一步透過相關的國際知識發展經驗，檢討自由與權威，自由化與民主轉型，以及國家社會與民間社會等層面的理念，期爲民主化的歷程建構一條坦途。

三民叢刊7

勇往直前

石永貴 著

石永貴先生，絕對是大衆傳播界一個響亮的名字，在他任內，使新生報轉虧爲盈，發行量增加了一倍，也是在他任內，使臺視業績成長了四十四倍，並使臺視新聞確立了不移的口碑。他的成功經驗、勇氣和堅持，當可予人不同的啓示。

本書卽收集了石永貴先生自述其心路歷程的文字，從書中，我們可以看到他怎樣期待部屬，也看到要求自己，這些經驗和理念，不僅可讓傳播人獲益非淺，一般人讀了，也可獲知成功的理念何在。

三民叢刊8

細微的一炷香

劉紹銘 著

劉紹銘先生爲海外知名學者，研究現代文學聲譽卓著。他以本名撰寫文學評論，以二殘筆名撰寫諷諭文章，文思流暢，刻畫生動，本書爲作者最新之文集，蒐集大陸民運前後發表的文評及雜文，除了析述海內外有關中國的文壇發展外，字裏行間所流露的對中國現勢及未來的痛心及關心，更是使人心動。

三民叢刊9

文與情

琦君 著

琦君的散文，溫柔敦厚，於自然中散發出細膩的情思，久已爲人稱譽。本書卽收錄了他最近的作品，從日常生活中隨手拈來，自也透露出作者駕馭文字的純熟工夫。另外並有琦君向少執筆的小說及她第一次執筆的劇本，可看出作者對文字掌握的多面能力。不可不讀。

三民叢刊10

在我們的時代

周志文　著

「在我們的時代，希望很容易幻滅，但在一段沮喪過後，逃逸了的希望又常常不期然地像雨後的彩虹一般的在遠方出現。」──本書收集作者兩年來在中時晚報所發表的時事短評，針對的人、事雖各有不同，但所抱持的理念是一致的，那就是一個人文學者對現世的關懷，與對未來猶不死滅的希望。作者以洗鍊的文筆，犀利的剖開事件上層層的迷障，讓我們得以見到更深刻的事實和理念。

三民叢刊11 12

中央社的故事

周培敬　著

六十年來，中央通訊社一直在中國新聞界的發展上扮演著重要的角色；從建立全國性的電訊網，收回外國通訊社發稿權，見證八年抗戰，親歷臺灣經濟奇蹟，目睹了退出聯合國，中央社一遍遍的做下時代的紀錄。它寫著這些年的歷史，從而也把自己寫進了歷史之中。

三民叢刊13

梭羅與中國

陳長房　著

美國作家梭羅以其《華爾騰》(或譯《湖濱散記》)一書呼喚人們在日常更深入的生活，創造更有意義、更爲快樂的生活，而聞名於世。其對生活的態度正與中國的孔、孟、老、莊思想有相契之處。作者陳長房先生層層爬梳，探究其間的關係，並論述了梭羅的作品及思想。透過這跨文化的比較，也許正可幫助我們在濁世中尋覓桃源。

三民叢刊14

時代邊緣之聲

龔鵬程 著

時代的邊緣人，不是無涉於世的出世者，他只是退居在時代激流之旁，以讀書、讀人、讀世自遣，以文字聊爲時代留下些註腳。本書即是以時代邊緣人的心情自謂而做的記述，偶或玩世不恭，亦曾獨立蒼茫，但終究掩不住其對時代的關切及奮激之情。

三民叢刊15

紅學六十年

潘重規 著

本書爲「紅學論集」的第三本，集中討論紅學發展，及列寧格勒《紅樓夢》手抄本的發現報告及研究。作者於《紅樓》眞旨獨有所見，歷年來與各方論辯之文章，亦收錄於書中，庶幾使讀者一窺《紅樓夢》之眞意所在，及紅學發展之流變。

三民叢刊16

解咒與立法

勞思光 著

近來臺灣的社會力在解除了身上的魔咒之後，一時四處噴發，整個社會因而孕育著新生和希望，也充滿了騷動和不安。勞思光先生以其治學的睿智，剖析社會紛亂的眞象，指出：「解咒」之後，必須「立法」，亦即建立新的規則，若在這一步上沒有成果，則所謂「進步」亦失去意義。值得吾人深思。

三民叢刊17

對不起，借過一下

水晶　著

「對不起，借過一下！」要借的是：在舉世滔滔，資訊爆炸的年代，各人心靈上的一點空間，來容納書中帶來之感性與理性的清涼。

本書爲作者近作之散文及評論的合集，散文率從生活小事著墨，筆觸輕靈動人。評論主要針對張愛玲、錢鍾書二氏之作品，亦抉其幽微，篇篇可誦。

三民叢刊18

解體分裂的年代

楊渡　著

隨著歷史的前進，臺灣的生活方式由農業生活轉入了工業社會，生活方式的改變也帶來了社會結構，包涵政治、經濟等方面的結構解體、分裂，與重組，而重組的路究竟通向何方？改革？或是革命？作者近年來著力追尋改變的軌跡，肯定了改變的根源來自民間，其路向也該朝向人民的需求。書中文字即記錄了作者追尋過程中所注意到的種種現象，期能透過對這些現象的反省，從中得到記憶的力量。

三民叢刊19 20

德國在那裏

政治・經濟篇
文化・統一篇

郭恒鈺・許琳菲等著

一九九〇年，兩德的快速統一，使德國成爲舉世矚目的焦點，也爲其他仍處於分裂中的國家，樹立了一個典範，而「德國經驗」的成功，有其廣泛的背景。本書即是對二次世界大戰後的「德國經驗」作一次總回顧，有系統的介紹了聯邦德國政治、經濟、文化等等的制度概況，及兩德統一的過程和啓示，可爲有心更瞭解德國的人作參考。

三民叢刊21

浮生九四

——雪林回憶錄

蘇雪林 著

蘇雪林女士是新文學運動中第一代的女作家，在文藝創作和學術研究上都有豐碩的成果。晚年她親自撰寫此書，敘述其一生的經歷，文藝創作的動機、及學術研究的進程。文筆質樸，字字眞實，不僅是個人的紀錄，也是時代的見證。

三民叢刊22

海天集

莊信正 著

「海內存知己，天涯若比鄰」。若能以文會友，與天下人相交往，實爲人生樂事。作者在書中所欲實現的，正是此一理想。全書共分三輯，第一輯論中國文學，第二輯談西洋文學，第三輯則屬於比較文學。論述地區包含中、美、英、法、俄，篇篇精到，爲不可多得之作。

三民叢刊23

日本式心靈

——文化與社會散論

李永熾 著

日本人具有複雜的民族性格，美國人類學家潘乃德曾以菊花與劍來象徵這種複雜與矛盾。李永熾先生在本書中，從日本人的家族組織、社會思想、文學及電影作品等方面深入剖析日本的文化與社會，藉由此書，將有助於我們更了解日本式心靈的面貌。

三民叢刊24

臺灣文學風貌

李瑞騰　著

臺灣由於近代歷史命運的多重變遷，使臺灣文學也隨之而顯現出豐富的面貌。李瑞騰先生多年來致力於臺灣文學的觀察與研究，認爲臺灣文學雖有其獨特性，但仍不自外於中文文學，更需納入以中文作爲表現媒介地區的體制下，尋找彼此間互動的關係。本書即是他近年來觀察的呈現。

三民叢刊25

干儛集

黃翰荻　著

黃翰荻先生撰述的藝術評論，關注的不僅是藝術創作本身，而擴及藝術創作所在的整個大環境。雖舉世滔滔，仍不改其堅持。「刑天舞干戚、猛志固長在」，書名出自於此，作者深意也由此可喻。

三民叢刊26

作家與作品

謝冰瑩　著

月旦人物，臧否文章，並非一定都是冷靜的陳述；懷恩的心情，謙和的筆調，也許更能引發人們的共鳴。謝冰瑩女士以溫婉的筆調，描寫她所接觸過的作家與作品，並抒發一己之感，不以深奧的理論炫人，而意韻自然深刻雋永。

三民叢刊30

冰瑩懷舊

謝冰瑩　著

本書蒐集的多爲作者對故人的追念文章。謝女士生平以眞心待人，至親好友的生離死別，對她尤其有特別深的感受，筆之爲文，更顯情誼，將人生遇合的不定，生非容易死非甘的難堪，描摹的十分貼切。性情中人，讀之必有所感。

國立中央圖書館出版品預行編目資料

臺灣文學風貌／李瑞騰著.--初版.--
臺北市：三民，民80
面；　　公分.--(三民叢刊；24)
ISBN 957-14-1782-3 (平裝)

1.中國文學一論文，講詞等

820.7　　　　　　80001258

© 臺灣文學風貌

著　者　李瑞騰
發行人　劉振强
出版者　三民書局股份有限公司
印刷所　三民書局股份有限公司
地址／臺北市重慶南路一段六十一號
郵撥／〇〇〇九九九八—五號
初　版　中華民國八十年五月
編　號　S 81058
基本定價　貳元陸角柒分
行政院新聞局登記證局版臺業字第〇二〇〇號

ISBN 957-14-1782-3 (平裝)